当代作家作品精选 · 诗词集
凌翔　主编

春雷闲记

孟凡号　著

中国画报出版社 · 北京

图书在版编目（C I P）数据

春雷闲记 / 孟凡号著 . -- 北京 : 中国画报出版社，
2023.7

ISBN 978-7-5146-2411-3

Ⅰ . ①春… Ⅱ . ①孟… Ⅲ . ①诗词 – 作品集 – 中国 –
当代 Ⅳ . ① I227

中国国家版本馆 CIP 数据核字 (2024) 第 078167 号

春雷闲记
孟凡号　著

出　版　人：方允仲
责 任 编 辑：石曼琳
责 任 印 制：焦　洋

出 版 发 行：中国画报出版社
地　　　址：中国北京市海淀区车公庄西路 33 号　邮编：100048
发　行　部：010-88417418　010-68414683 (传真)
总编室兼传真：010-88417359　版权部：010-88417359

开　　　本：16 开 (787mmx1092mm) 开
印　　　张：13.5
字　　　数：169 千字
版　　　次：2024 年 7 月第 1 版　2024 年 7 月第 1 次印刷
印　　　刷：三河市中晟雅豪印务有限公司
书　　　号：ISBN 978-7-5146-2411-3
定　　　价：66.00 元

序言

诗词千首三春赋

——写在《春雷闲记》付梓前夕

序是一部作品的灵魂，它不仅仅是对作品的评论与分析，更是对作者内心世界的诠释和理解。应凡号战友的诚挚邀请，为他即将面世的诗集《春雷闲记》作序。一时间，我被这份荣誉和责任所笼罩。作为一名诗词爱好者，我深知序在一部作品中的重要性，因为它能为读者打开一扇了解作者和作品的窗口。

虽然我和凡号的交往没有几年，但大有相见恨晚之意。自从读到他的作品，我就深深地被他对写作的敬畏和热情所震撼。他的诗词不仅在形式上严谨优美，而且在内容上深邃动人，文字流畅，富有感染力，且句句都充满了力量，让人读起来如沐春风、似浴春雨。凡号的作品，不仅使我领略到诗词的奇妙魅力，也让我对他的才情和表达能力心生钦佩。

凡号是地道的马兰人。从入伍来到马兰，在戈壁滩上他一干就是近三十个春秋，也因此成了马兰精神的红色传人。他运用独特的艺术语言，展现所要讴歌的点点滴滴，每首诗就像一颗颗点缀在罗布泊上空明亮而温暖的星星，呈现出一种内在的旋律，散发出独特的光芒。

“我是马兰人，军营几十春。天惊风雪啸，地动雨云频。隐姓酬家国，埋名战日辰。寒窗悲瘦影，泪湿万千巾”（《热烈祝贺〈我是马兰人〉出版发行》）。尽管是祝贺战友新书出版，但他的言语里无不洋溢着作为马兰人的骄傲与自豪、辛酸和苦楚。“扎根戈壁尽雄英，亦是风流倜傥兵。常忆春雷连响事，诗词歌赋曲声声”（《步韵老兵贾全功〈致凡号〉》）。就是在与战友的唱和中，他的作品也处处彰显出艰苦奋斗背后的伟大和无私奉献身后的从容。

在这本诗集中，凡号用细腻而富有张力的笔触，描绘了许多令人难以忘怀的场景。其中《满江红·马兰抒怀》这样写道：“独望山峦，思绪飘，兵老杨白。马兰城，核盾重地，金黄秋叶。军绿染成岁月白，军徽耀闪映日月。闻号起，日出至月落，真豪杰。　　马兰花，戈壁雪。甘草泉，东风烈。惊五八鸿志，应邀如约。铁骑滚滚碾天山，雄兵声声撼山岳。鼓声起，暮晚夕阳缺，红如血。”尽管当时他尚不懂诗词平仄格律，但婉转的语句和雅致的意象，仍深情揭示了马兰情怀在时光流转中的微妙变化，隐喻了马兰人在岁月流逝中的情感起伏，使读者的压抑感随之释放，仿佛置身于诗中的某个瞬间。

“塞外营盘同秀色，笆篱舞蝶众人夸。阳春碧绿观音柳，盛夏嫣红菩萨花。魂撼荒滩愁日月，心悲瀚海固风沙。欢歌共唱惊雷地，笑卧疆场是寄家”（《步韵言文〈戈壁红柳〉》），更是以清新的笔调描述了塔克拉玛干沙漠的壮丽和生命的美好，巧妙地运用蝶舞营盘的形象，描绘出军歌共唱所带来的欢愉和轻松，令人如触电般体味到荒原鏖战的绝妙时刻。

凡号是深藏不露的诗人。多年来，他在马兰的工作就是与文字打交道，并在文学创作的道路上积累了丰富的经验和洞察力，凝视军旅的眼神中始终蕴含着一种摄人心魄的力量。他的笔触广泛，饱含深情，常常将诗句与现实相结合，以独特的方式诠释部队生活的细节。他所表现出的对部队生活的热爱，不仅流露出个人的真挚情感，也唤起了读者内心深处的思想共鸣。

“有个地方叫马兰，黄沙漫卷少人烟。青年立志从军去，碧血丹心戈壁滩。　耕酷暑，斗严寒，春雷动地响云端。茫茫大漠何曾惧，如火青春天地间”（《鹧鸪天·有种花儿叫马兰》）；“罗布清泉傲四方，香瓜赛蜜震辽荒。一株沙枣怜春色，数朵窗花笑夏杨。醉月餐风千里地，埋名隐姓万家郎。古来征战无羌笛，驻马桃源驭雪霜”（《清晨读书遥忆辛格尔》）。一曲曲如泣如诉，交织出一幅幅动人的画卷，让人内心深处生出无限的敬仰与感动。

在不懈赋诗填词的同时，凡号也在不停地为我们创造“美”。在诗人笔下，不管是马兰的一物一景、一人一音，或是核试验场的一草一木、一沙一石，甚至红山坳里的一星一月、一雪一雨，都给人以强烈的美感。他所走过的马兰、红山、孔雀河、辛格尔、博斯腾湖，其河水清清、杨柳依依，曲径绕岸、鸟鸣前后，天山巍巍、大漠瀚瀚，丝路迢迢、黄沙漫漫……此情此景，常令诗人流连忘返、陶然自醉，也让读者见物动情、闻声有感。他的《看美图依韵夏老师〈冬日所见〉》：“看图无语步匆匆，鸵鸟斜阳戏水中。孔雀开屏冬日晚，明朝河里亦英雄”，可以说把戈壁滩上的美景展现得淋漓尽致。“深山景不同，秀美掩其中。草地欢歌荡，泉边笑语笼”（《再进红山》）；“蘑菇如梦幻，核弹响云端。大漠孤烟尽，风流数马兰”（《依韵王康练〈梦逐马兰〉）……更是润物无声，却又刻骨铭心，犹如一缕微风拂面，恰似一泓清泉净心。

凡号是深谙诗词韵味的人。宋人严羽云：“诗有别趣，非关理也。”说诗有别趣，切中诗之真谛。别趣是诗歌美学园地里一簇别致的鲜花。《春雷闲记》中如《咏狄公仁杰》《洛阳白园吊香山居士冢》《清平乐·弘一法师》等，都表现了强烈的别趣之美。

这里要特别推荐的是几首有关儿女的诗词，如《庚子立夏春熙独立行走记之》：“夏初新雨早，户外独行忧。跌撞如憔媪，踉跄似醉猴。春岚山下漾，笑意面中羞。小满花红日，身轻上蚁丘”；又如《喜闻小女春熙喊爸》：“昨晚才开口，今晨竟数声。喃喃如乳燕，朗朗赛黄莺。冷月窗前照，寒霜石上生。飘飘心欲醉，微笑梦中萦”；再如《小女春熙入学记之》：“娇儿入学堂，慈母泪汪汪。书画三箱满，衾襦四袋装。风光多旖旎，脚步独彷徨。窗外秋霜白，庭中寂寞长”。读起来朗朗上口不说，更是一组洋溢着童趣美、父女情的佳作。

再看下面两首——《长相思·女儿三周岁感赋》：“昼出征，夜出征，初度芳辰远地行。经年热泪盈。　笑嘻声，哭啼声，两语三言都是情。欲眠逾五更”；《诉衷情·祥熙九岁贺》：“坡公养子怕聪明，愚鲁到公卿。祥熙端午辰贺，九岁亦新兵。　忙写作，学三更，睡天明。此生唯愿，身健心宽，快乐终生”。诗不事雕饰，已成天籁。诗人一下子把我们带回到了天真烂漫的孩童时代。

走进《春雷闲记》，给我以极大震撼的还有诗人强烈的责任感和使命感，以及字里行间所展现出来的审美理念和美学追求。诗人善于引经据典，运用各种手法，使诗句显得更加精致而富有张力，既涉及个人情感的表达，又触及到部队火热的生活。无论是关于战友情感的细腻描绘，还是对于人生哲理的渊思寂虑，诗人都通过独特的视角给读者带来了深刻的感受。不难看出诗人是以诗词的意境和美感对自然景物、人生百态的唱和，让读者感受到他用丰富的想象力和细腻的文字打造出的一重重令人陶醉的意境，使读者沉浸其中，相得益彰。

这本诗集，诗人展示了深厚的文学功底，是老树新花，是旧瓶装新酒，是传统赋予当代军人的自然契合。而诗人更是以其军人的独特视角和漫长经历，创作了一系列极具艺术品质的佳作。诗人坚持多年笔耕不辍，收获颇丰，用自己的笔触为我们带来了不一样的触动和感受，正如诗人所言：“诗词千首三春赋，咏叹蘑云数朵花。”所以，《春雷闲记》当之无愧是马兰诗坛的一束瑰丽之光，也使其当之无愧地成为马兰诗友的精神图腾。

当然，作为中国作家协会会员，凡号的作品并不局限于诗词，他不但出版了个人散文集《为心筑巢》《印痕》《有一个地方叫马兰》，还撰写了多篇中短篇小说，并在省部级刊物发表，且反响强烈。如今，年过不惑的凡号，依旧勤勉努力，孜孜以求，于文学，于事业，于人生。末了，我想把一位老作家的一首小诗转赠给他：

会写点东西的都是诗人。
是不是真正的诗人，
要看到他年老时候。
相信他还会写出更多好看的诗来！

中华诗词学会会员
河南省作家协会会员　韩文建
马兰基地 1969 年老兵

二〇二四年二月二日

目录

五绝篇

参加新疆青创会感赋

二〇一三年十二月一日

盛世逢文会，昆仑宾馆居。
新朋如旧友，使命履当初。

人定散步至马兰超市

二〇一六年四月十一日

冷月苍穹挂，弯弓树上飘。
霓虹如壁画，谁唱马兰谣？

夜 吟

二〇一六年四月十二日

夜静不孤身，歌声百米频。
花红交映处，谁晓更伤神。

赞祥熙

二〇一七年七月十一日

作画才三日，缘何竟是如。
师资深且厚，抑或尔当初？

题祥熙画

二〇一七年十二月三日

山榴红似火，娇艳幻形螺。
三尺馋涎下，垂髫七岁多。

丁酉初雪

二〇一七年十二月十七日

一

鸟瞰昏灯下，谁人寂寂排。
何须题冷语，但愿乐开怀。

二

晦日天初雪，残枝柳絮飘。
红梅皆试镜，不见广寒邀。

步韵李兴智《新柳》

二〇一八年三月二十五日

天际浮苍狗，青蓝映柳新。
春桃花怒放，遥问有亲邻？

附：

新 柳

李兴智

天碧流云走，和风伴柳新。
阳春三月里，随处有清邻。

赞孙继栋

二〇一八年三月二十五日

随性吟新柳，桃花落满头。
春雷鸣大地，陌上竞风流。

看魏胡子伯庆美图有感

二〇一八年五月十九日

红杏枝头闹，风吹缕缕香。
近乡情更怯，何处是咸阳？

依韵王康练《梦逐马兰》

二〇一八年五月二十二日

蘑菇如梦幻，核弹响云端。
大漠孤烟尽，风流数马兰。

附：

梦逐马兰

王康练

人生如梦幻，谁料震营盘。
大漠风烟去，苍茫尽马兰。

观继超老师诗书作品有感

二〇一八年六月四日

瀚海诗词咏，骚人学艺精。
风流千万里，最忆马兰情。

中 秋

二〇一八年十月一日

一

一叶知秋到，人心最可交。
多情应笑我，月彩挂枝梢。

二

诸友说清秋，缤纷酒客愁。
举头人长啸，月下泪长流。

胡 杨[1]

二〇一八年十一月二十五日

深秋今岁美，大漠尽精兵。
只愿西风染，枝枝傲柳营。

贺小女满月

二〇一九年三月二十二日

清晨，敦煌赴京，中转兰州，适逢小女春熙满月。高空之上，思绪万千。

一

云低凤阙端，终点伴星阑。
思念春熙女，婵娟独自看。

二

万米起波澜，苍穹忆马兰。
琵琶声几许，舞袂共云端。

附：

醉太平·贺春熙满月

张世武

凡号爱女在父忙于《春雷》51期重任中诞生，伴春风匆匆满月，调寄《醉太平》志贺。

春风马兰，春潮巨澜。春熙春诞人间，举家称有缘。

---

① 刊《春雷》2019年第3期（总第53期）。

光阴策鞭，屠苏盛筵。举杯赋句华笺，《春雷》声里妍。

凭吊“九一八”纪念馆

二〇一九年三月二十五日

采访结束至纪念馆，已下午四时，三十分钟后将闭馆。步履虽匆匆，但很受震撼，更多是感伤。

生灵苦难深，辛未[①]土呻吟。
残历碑[②]文诉，潸然泪满襟。

追忆屈子

二〇一九年六月七日

一

屈子变争忙，孤舟战楚乡。
招魂流异地，郢破最心伤。

二

千古汨罗扬，书生痛断肠。
离骚传万代，盛世赞忠良。

与国敬诗友聚洛阳

二〇一九年八月十二日

秋雨落神都，中原倦旅孤。
推杯东陌上，笑语荡西区。

---

① 1931年为农历辛未年。

② 残历碑高十八米、宽三十米、厚十一米，用混凝土铸成，花岗岩贴面，呈立体台历状，两边对称。巨大石雕台历上密布千疮百孔的弹痕，隐约可见无数骷髅。

魏胡子老师赴川以贺

二〇一九年十二月六日

故友古都来，寒梅朵朵开。
诗书香万里，把酒赞良才。

面

二〇二〇年八月一日

一碗清汤面，无人节日知。
白云千里远，此物最相思。

再咏伟人山

二〇二〇年八月十九日

一

主席眠戈壁，文韬盖世雄。
一言如九鼎，华夏赞毛翁。

二

河畔喜重逢，并肩战九冬。
至今思虎啸，见证万人从。

三

茫茫荒漠地，邪恶伟人扛。
地火雷霆怒，时时震海江。

四

层峦宇宙奇，核试万军知。
日夜春雷颂，斯民爱赋诗。

题老兵韩文建

二〇二〇年八月十九日

南湾湖畔饮，独坐少朋亲。

战友今何在，推杯泪湿巾。

和刘言文

二〇二〇年八月二十四日

趵突健身先，环游乐水边。

大明湖赋句，居士易安妍。

附：

晨 练

刘言文

趵突水扬欢，明湖浪打滩。

佛山谋体健，快乐练康安。

依韵张世武先生题驼草李兴智《野塘残荷》

二〇二〇年八月二十六日

初秋白鹭生，寒意日交萦。

片片残荷诉，依依碧水情。

附：

题驼草李兴智《野塘残荷》

张世武

秋凉露渐生，日照自家明。

留得残荷在，潇潇听雨声。

观敦煌档案馆张世忠馆长发玉门关汉长城图片有感

二〇二〇年十月十二日

苍苍明月伴，漫漫朔风吟。
功绩无人晓，残垣泪湿襟。

《春雷》第二期交付印刷

二〇二〇年十一月十八日

都市孟冬行，春雷雅韵耕。
寒英天漫舞，身冷溢真情。

读《军魂——难以忘却的记忆》

二〇二〇年十二月十日

一

深情百万言，句句说荒原。
霜雨千年寂，军民笑语喧。

二

军号声声远，疆场一马先。
青春多激荡，拂晓战无眠。

三

帐内朔风寒，车前苦水餐。
孤烟平地起，夜宿古楼兰。

四

举杯邀皓月，将士笑开颜。
戈壁飞龙舞，丰碑耸雪山。

《访林俊德院士故居暨参观介福乡所建纪念馆有感》《清晨读书忆辛格尔》分别刊发《诗词月刊》《赤峰诗词》记之

二〇二〇年十二月十八日

戈壁情恒久，长河悠远痴。
马兰花美艳，瀚海苦吟诗。

庚子腊月初七日得秦（鹏）处手书《春雷闲记》

二〇二一年一月十九日

一

微信言文事，西风四月前。
秋寒常梦醒，东望五更天。

二

枯草东坡上，梨花片片柔。
幽声皆入耳，月影落枝头。

三

七日逢《闲记》，诗词二百余。
昏昏思绿蚁，夜静冽风舒。

四

滚滚黄河水，依依北海情。
千言行楷重，稽首泪花萦。

庚子腊月廿二日立春时节蟹爪兰盛开

二〇二一年二月三日

嫣红千百朵，武曌黛妆残。
雅艳荒滩舞，风流赛牡丹。

步韵李洪海先生《庚子金秋访马兰有感》

二〇二一年十月二十五日

一

荒滩石壑中，淡紫弄秋风。
独舞东山久，香飘在桂丛。

二

硝烟眇漫中，鏖战斗胡风。
月下同无语，花开昨日丛。

附：

庚子金秋访马兰有感

李洪海

黄沙大漠中，花绽胜春风。
增色寒原舞，甘为一草丛。

观战友发津门早图有感

二〇二一年十一月五日

大雾满津城，香车赛蠕行。
阁楼观自在，一路噪声鸣。

红山赏雪

二〇二一年十一月六日

坳里荡清风，窗前柳絮朦。
惊疑逢道韫，不敢戏天公。

附：

见红山披雪和凡号

李启亮

西域红山雪，临冬柳絮笼。

苍苍丝缕被，寄予白头翁。

观　雪

付安镇

蜀地雨烟轻，西疆瑞雪盈。

关山千万里，不绝故人情。

初冬时节再进红山

二〇二一年十二月三日

一

兽藏冬已至，地旷野高寒。

极目千峰肃，人稀雪漫峦。

二

雪卷人愁叹，天寒野地苍。

千山飞鸟绝，万壑草凌霜。

观雾凇美景得句

二〇二一年十二月五日

暮霭覆寒冬，千林树挂纵。

还疑仙子舞，谁说不相逢。

壬寅新春

二〇二二年二月一日

日月何其迈，流光爱岁新。
屠苏香四溢，举国贺寅春。

观老友安镇发元日踏雪行美图

二〇二二年二月二日

瑞雪兆丰年，精灵舞地天。
山峦犹壁画，窈窕醉神仙。

播 种

二〇二二年三月十六日

点赞战友韦应河《为自己的春天快快播种吧》视频，应“能不能留几个字走”之请求，口占一绝。

阳春二月天，蚯蚓尚冬眠。
马叫人欢野，丰收在虎年。

桃 花

二〇二二年三月十七日

文友张清伟发桃花美图，附文“桃花三两枝，春风过十里。金风玉露总相逢，一夜芳草碧”，心有所感，调整和之。

十里春风过，桃花三两枝。
相逢金玉露，一夜草芳知。

观赵天然老师发白玉兰图片有感

二〇二二年三月二十三日

枝枝白玉兰，皎皎入云端。
朵朵凝香气，欣欣耐峭寒。

依韵安镇兄《惜春》

二〇二二年四月二十三日

千姿迷翠绿，百媚俏双眸。
鹊舞春风暮，花妍墨客讴。

附：

惜 春

付安镇

千辉妆粉萼，百媚俏枝头。
不意东风妒，残余遍地愁。

初 夏

二〇二二年五月十日

种菜东窗下，迟阳几度徕。
秧苗惟欲睡，野韭绿亭台。

出差长安随感

二〇二二年六月八日

麦气溢清晨，飧餐亦朴醇。
异乡人独坐，病疫衍凡尘。

读《忠诚与背叛》有感

二〇二二年六月九日

杨虎城[①]

名将陨山城，厅堂倦鸟惊。

毛巾偕匕首，鲜血酿忠贞。

罗广斌[②]

喜讯从天降，囚牢沈唱盈。

新诗歌祖国，旗帜寄深情。

蓝蒂裕

老虎凳无言，前胸烙铁喧。

善诗多《古怪》[③]，调令敌心烦。

陈 然[④]

娴静似姑娘，山中闹市藏。

高歌云“自白”，《挺进报》生香。

唐虚谷[⑤]

骨头钢铁做，吊鸭半空悬。

“大菜”寻常厌，囚夫意志坚。

李青林

嫉恶如仇女，青林志不穷。

竹签连十指，经典颂英雄。

---

① 1949 年 9 月 6 日，杨虎城等六人在重庆歌乐山“戴公祠”被杀害。

② 作为白公馆在押犯人，第一个知道新中国已经成立的罗广斌提议做一面五星红旗，且要扛着红旗冲出牢门去。

③ 即词古怪调也古怪的《古怪歌》。

④ 《挺进报》印刷兼发行，曾作诗《我的“自白”书》。

⑤ 面对敌人酷刑，曾言：“共产党人的骨头是钢铁做的，不怕！”

杨汉秀[①]

牢狱大联欢，秧歌舞石峦。

“无缘”真保释，殉难影身单。

刘国鋕

诗人刘国鋕，危急不惊忙。

咏叹春雷句，英雄士气彰。

许晓轩[②]

人间地狱终，“要犯”九年同。

慷慨高歌死，《新华日报》空。

胡其芬

心中皆信仰，地狱不慌张。

奋臂惊牢友，周公[③]痛断肠。

熊咏辉[④]

监牢有至亲，礼敬赛朋宾。

变节孰能料，余生痛苦人。

罗世文[⑤]

毕业东方校，重回故土耕。

为民轻万事，壮烈不贪生。

---

① 伯父杨森是重庆市市长的杨汉秀拒绝保释，最终被杀害。

② 希望能看到当天的《新华日报》，但最终没能如愿。

③ 即周恩来。

④ 有着十多年党龄的县委书记李文祥初入狱时很坚强，受刑不屈。1948年12月，狱中传出李文祥变节。作为妻子，熊咏辉感到不可思议。经过斗争，她给男牢写公开信，要与李文祥一刀两断。获释后，隐姓埋名多年。

⑤ 1947年8月18日，罗世文和车耀先被敌人从白公馆押至“戴公祠”秘密杀害，并泼汽油焚尸灭迹。罗世文生前曾有豪言：“从来壮烈不贪生，许党为民万事轻。”

张露萍[①]

红色电台人，年轻亦女神。
密情传敌后，灵显慑频频。

江竹筠[②]

假扮竟成真，妇随夫唱频。
皮焦唇咬破，江姐有精神。

王 朴[③]

豪门不恣夸，正义显芳华。
遗嘱名千古，坚贞笑毒蛇。

丰炜光[④]

阔少农民友，书生革命先。
英雄真卫士，浩气贯长天。

左绍英母女[⑤]

卓娅狱中生，门前物品盈。
绍英千万苦，母女共哀荣。

---

① 1945 年 7 月 14 日，在延安，绰号“干一场”的张露萍等“红色电台案”七名共产党员在快活岭丛林被枪杀。当刽子手为自己“干得漂亮”而狂笑时，张露萍突然站起来说：“笨蛋，朝这儿来，打准点儿！”

② 1943 年，年仅二十三岁的江竹筠接到命令，和重庆市委第一委员彭咏梧假扮夫妻。被捕后，受尽各种酷刑。1949 年 11 月 14 日，和李青林等二十多位共产党员被敌人秘密杀害。面对敌人从背后扫射来的子弹，她使出最后的力量高呼：“中国共产党万岁！”

③ 出身豪门，却对革命真理和共产主义事业有着特别崇高的追求。1949 年 10 月 28 日，被敌人杀害于重庆大坪刑场。临行前，他给母亲金永华、妻子褚群和儿子王继志（小名狗狗）留下三条遗嘱。

④ 被同志们赞誉：“富家的叛逆者，真理的英雄卫士。”

⑤ 因为“监狱之花”小卓娅的出生，左绍英获得了“‘监狱之花’的妈妈”的光荣称号。

邓惠中母子[1]

不忍山河破，投身革命中。
双枪婆脚小，母子笑冬风。

王振华、黎洁霜夫妇

婚礼狱中成，双儿育有名。
黎明皆赴死，家国祭夫婴。

“11·27”大屠杀[2]

黎明屠杀事，悲壮地牢人。
三百仰天笑，刑场血雨频。

赏 荷

二〇二二年七月二十三日

缘何池水秀，盛夏暗香来。
菡萏花娇艳，人人聚月台。

再进红山

二〇二二年七月三十一日

深山景不同，秀美掩其中。
草地欢歌荡，泉边笑语笼。

---

① 《红岩》“双枪老太婆”的原型之一。1949年11月27日，和儿子邓诚一起被枪杀，年仅四十九岁。

② 在“11·27”大屠杀中遇难的有331人，至今仍有三十多位无法确定身份。

为五绝一东韵赋诗

二〇二二年八月二日

炎炎三伏里，翠柳拂诗翁。
向晚凉风至，高歌咏一东。

观新禹夕阳视频有感

二〇二二年九月四日

云绚红彤美，苍穹水在流。
山河多咏唱，盛景赞金秋。

观兰姐发美图有感

二〇二二年九月五日

袅袅炊烟起，风流步步高。
墨痕书气概，碧玉伴英豪。

喜迎二十大

二〇二二年十月十五日

华夏红旗舞，军民四海翩。
高歌迎盛会，矢志谱新篇。

独 酌

二〇二二年十一月四日

秋深菊换装，月落叶金黄。
把酒南窗冷，茶余一地霜。

诗酒年华

二〇二二年十一月二十一日

酒里有乾坤，悲欢溢绿樽。
窗前多醒晚，月下论诗魂。

小 雪

二〇二二年十一月二十二日

小雪无飞雪，骄阳挤进门。
何时千朵绽，数九踏香痕。

二九感怀[①]

二〇二三年一月四日

一

莫道西风凛，冰雕夜景澜。
红梅香万朵，月下醉荒滩。

二

窗下数枝梅，平明袅袅开。
惊疑飞雪舞，入梦暗香来。

步韵王安石《梅花》

二〇二三年二月十四日

墙角数枝梅，争春一夜开。
嫣红妆镜晓，疏影逐风来。

① 刊于 2023 年 1 月 11 日《绿原报》。

白露

二〇二三年九月八日

白露今朝至，荒原秀盛装。
戏言逢画圣，遍地赤橙黄。

依韵高翠玲老师《过梨园》

二〇二三年九月十六日

繁果枝头舞，甜香绿野浮。
笑闻声渐远，酬唱一清秋。

附：

过梨园

高翠玲

硕果枝头缀，轻香叶底绸。
我来林下务，下载一园秋。

火车上观彭继超老师美图

二〇二三年十月九日

云白靓京城，天高美景惊。
还疑逢盛夏，谁晓季秋行。

悼冰雪诗社张兴顺诗友

二〇二三年十一月十一日

名取老糊涂，诗朋大丈夫。
才高何八斗，曲赋恸翁孺。

四题《马兰花开》洛阳行合影照

二〇二三年十一月十七日

朵朵马兰开，篇篇泪湿腮。
声声寰宇震，字字唱春雷。

癸卯小雪赴京途中

二〇二三年十一月二十日

小雪雪无踪，听闻数地凶。
九霄观盛况，冬意秀山峰。

墨 子

二〇二三年十一月二十六日

兼爱超前论，非攻举世惊。
与儒同显学，黔首亦精英。

五家渠大雾弥漫至午后三时余

二〇二三年十一月二十六日

闻声不见人，院寂究何因？
远眺如仙境，还疑梦是真。

七绝篇

丁酉清明

二〇一七年四月十四日

清明酥雨润梨花，是夜无声翠柳斜。
旧燕徐飞帘内外，申时鹊叫主人家。

春夜喜雨

二〇一七年四月十四日

春风细雨尽芬芳，叶落花飞柳亦殇。
绿蚁绵绵沙地醉，柔情似水万千扬。

观李姐[①]瘦西湖照片

二〇一七年四月二十六日

绿遍田园红烂漫，江南四月雨如烟。
丛林深处游人乐，疑是花仙戏杜鹃。

春　游

二〇一七年四月二十九日

野外踏青明媚日，绿衣白发乐谁知。
一年好景须牢记，最是花红柳绿时。

悼余光中先生

二〇一七年十二月十四日

一曲乡愁响五更，情深夜半月何明。
惊闻驾鹤西天去，树咽人呜共放声。

---

① 即李媛，诗人战友，已转业至西安。

品稻花香米有感

二〇一七年十二月十六日

十年寒暑最垂涎，清淡芳香爽口绵。
又是佳期君莫笑，稻花香里味甘甜。

津门初雪

二〇一八年一月二十二日

琼花万朵落清晨，玉树千枝正裹身。
犹赞青松苍翠滴，谁知绿柳与梅亲。

丁酉腊八

二〇一八年一月二十四日

四九青杨岁暮寒，今冬腊八百花观。
东风莫道年还早，金犬柴门吠日欢。

赞聂仲起、王勇二师

二〇一八年一月二十七日

荒原铸盾建新家，炸响春雷耀水涯。
万里虽遥犹巨响，埋名隐姓众人夸。

芳 华

二〇一八年二月七日

值读《毛泽东诗词》，观微信友人康练第一张军装照，英俊潇洒，风流倜傥，莫敢认。遂以主席诗句诌诗一首，叹芳华易逝。

人生易老天难老，敢与天公比九霄。

阅尽世间春色美，风流人物在今朝。

元 夕[①]

二〇一八年三月二日

火树银花不夜天，危须[②]古地舞蹁跹。
诗朋酒友今何在，街半长安[③]笑语连。

春 分

二〇一八年三月二十一日

一候东乡黑鸟藏，遥思万里好时光。
公园无觅寒青处，不见春枝秀绿装。

戊戌清明[④]

二〇一八年四月五日

梨花劲舞雨奔浑，绿柳连堤欲断魂。
遥望田间千万众，青烟一缕祭洪恩。

观同学发图赞民权第二届槐花节

二〇一八年四月二十一日

清晨站立池塘畔，满树槐花憩眼前。

---

① 刊《绿洲诗韵》第 12 期。

② 危须，西域三十六国之一。

③ 横贯马兰城东西的马兰路，被官兵戏称为长安街。

④ 刊于 2023 年 4 月 3 日《巴音郭楞日报》。

嬉戏申甘林带[①]地，民权春约乐无边。

碓 窑

二〇一八年四月二十六日

巨石违方不整齐，众邻妇寡用其黎。
米粮腹内常锤打，宝物居家岂可题。

戊戌小满[②]

二〇一八年五月二十一日

麦穗初齐应笑欢，稼禾无面满田滩。
农家年岁收成少，最怕天阴数日寒。

依韵刘玉石《喜看马兰花开》[③]

二〇一八年五月二十一日

戈壁花开紫马兰，芬芳竞相忆山峦。
荒原夜半听雷响，将士凌晨战更欢。

附：

喜看马兰花开

刘玉石

睹物思情恋马兰，心潮澎湃忆荒滩。

---

① 申甘林带地处民权县黄河故道腹地，始建于1950年。东西长二十余千米，南北宽二至四千米，是全国平原四大、亚洲十大人工防护林之一。

② 刊《绿洲诗韵》第12期。

③ 刊于2023年5月22日《绿原报》。

春雷响彻罗布泊，将士挥汗战犹欢。

观马兰诗群众人咏马兰花开有感[①]

二〇一八年五月二十二日

戈壁兰花竞美妍，诗仙诗圣谱新篇。
游人坐爱斜阳下，最是相思五月天。

看李桅战友发兰花图有感

二〇一八年五月二十二日

远望花丛一美颜，妖娆尽显绿茵间。
香飘万里心皆醉，敢问春风可否闲。

观马兰小学师生六一演出有感

二〇一八年六月一日

炎炎六月山花艳，姹紫嫣红竞美颜。
不要人夸歌唱好，只留感咏在心间。

戊戌芒种[②]

二〇一八年六月六日

螳螂破茧人欢唱，月落乡村抢种忙。
十载寒窗谋胜负，西疆盛夏绣春装。

① 刊于 2023 年 5 月 22 日《绿原报》。

② 刊《绿洲诗韵》第 12 期。

庆祥熙八周岁生日

二〇一八年六月十日

夏至风调绿意新，年年今日庆生辰。
呼朋把酒南园地，嬉笑声声是故人。

端午时节忆屈原[1]

二〇一八年六月十七日

一

遥念江南糯米香，龙舟争渡饮雄黄。
博湖日暮悲骚体，叩问苍穹颂九章。

二

出使联齐楚殿堂，奸人诬陷走丹阳。
沉湘愤怒离骚赋，千古流传美政扬。

三

屈子能言恶中伤，子兰献计害忠良。
国人无不思端午，艾草民风在楚乡。

巴仑台采风[2]

二〇一八年八月一日

草场

曾挥绿毯仑台镇，草色帘青几度春。
夜幕苍茫宾亦舞，不知绣锦是何人。

黄庙

西疆古刹喇嘛庙，寺院金黄慧火烧。
虽小布宫人称赞，佛珠怪石彩旗摇。

---

① 刊于 2023 年 6 月 21 日《绿原报》。

② 刊于 2020 年 10 月 19 日《巴音郭楞日报》。

野蘑菇

青山细雨前沟畔，驴友寻菇小步驰。
采拾菌丝三四袋，衣裙不见湿淋皮。

大黄

通肠中药数黄良，清热消痈散瘀伤。
降血保肝防感染，草原白净远名扬。

悼金西康

二〇一八年八月十五日

审查前岁《马兰谣》，罗布荒原赤子骄。
乍地西天乘鹤去，心中悲切泪如潮。

胡杨颂[1]

二〇一八年十一月二十五日

一片金黄傲漠风，朔云蓝湛泪青丛。
荒原伫立三千载，卧看牵牛不尽同。

元 旦

二〇一九年一月一日

昨日霾浓不见颜，今朝初旭照天山。
缘何霄壤非常迥，只等佳时岁首还。

① 刊《春雷》2019 年第 3 期（总第 53 期）。

小寒

二〇一九年一月五日

小寒料峭窗花闹，喜鹊层巢绕树梢。
终日掩门深闭户，填盈九九品佳肴。

腊八

二〇一九年一月十三日

腊月初旬数九天，冰封万里最难眠。
商丘亲友今安否，却话鸿禧耄耋绵。

观赵培华书画有感

二〇一九年一月二十三日

春风万里阳光照，月落乌啼[①]墨最豪。
谁道书痴[②]戈壁独，书行天下[③]荡波涛。

依韵段宏伟《腊月咏蝴蝶兰》

二〇一九年一月二十六日

一团锦簇百枝妍，仙子司花舞九天。
万里月宫来做客，春光无限伴君眠。

---

① 用“月落乌啼”代指赵培华赠送的书法作品。

② 作者闲章。

③ 指赵培华国画《阳光普照》和书法《艺海物竞》收录在《书行天下——国际书画艺术发展教育联合会画册》。

附：

腊月咏蝴蝶兰（新韵）

段宏伟

一团花圃数枝妍，紫色蝴蝶舞九天。
腊月轻盈飞陋室，引来春梦卧沙眠。

滑雪场见闻

二〇一九年二月七日

南园雪地尽熙攘，杨树株株扮彩装。
长恨冰雕无处觅，不知盛景也煌煌。

雨游总统府得句①

二〇一九年三月二十七日

古稀岁月忆钟山，风雨飘摇世觍颜。
虎踞龙盘今易主，人间正道震奸顽。

凭吊侵华日军南京大屠杀遇难同胞纪念馆有感②

二〇一九年三月二十九日

碑雕墓冢万民坑，放火奸淫罪恶生。
倭寇屠刲人类反，缅怀历史盼和平。

访昆明朱德旧居

二〇一九年四月六日

梅村花巷筑楼房，居舍依稀昨日装。

---

① 刊《诗词》报 2022 年第 23 期（总第 931 期）。

② 刊《赤峰诗词》2020 年第 3 期（总第 91 期）。

君子亭台鸣愤懑，洁园理念话长廊。

依韵段宏伟《闻马兰健步走活动忆当年》

二〇一九年四月二十七日

和煦春天数日迟，激情绽放柳条枝。
青春健步环城里，乍暖还寒忆旧时。

附：

闻马兰健步走活动忆当年（新韵）

段宏伟

塞外春光半月迟，踏青已近暮春时。
当年健步军营里，不见孤烟大漠直。

红山勘春[①]

二〇一九年四月二十九日

中原四月草成茵，山里枯榆尚孟春。
最忆嫣红村舍景，不知折柳送何人。

傍晚览博湖有感

二〇一九年六月一日

蓝天沙海白云奇，静览孤霞碧水湄。
海鸟疾驰南岸去，波涛汹涌忆丰碑。

① 刊于 2023 年 3 月 13 日《绿原报》。

赠继超老师

二〇一九年六月五日

玉宇湛蓝如水洗，只因大漠现元耆。

饭余散步林荫晚，最盼东归未有期。

观杨寅义抓拍蘑菇云生成得句

二〇一九年六月十四日

蘑云一朵宇寰奔，白雪飞驰暗魄存。

疑是前年①雷炸响，谁知美景绽乡村。

携女游园偶遇暴雨

二〇一九年六月二十三日

傍晚游园听鸟嘤，苍穹倏忽炸雷鸣。

商场避雨惊无险，公主回銮四月情。

七月三十一日为史馆规划赴西安

二〇一九年八月一日

旧年戏水笑南湖，谁料今朝战古都。

夜半灯明如白昼，三斤汗液浸军襦。

赴古都②有感

二〇一九年八月十三日

伏天月半在城都，白昼蚊虫噬嫩肤。

---

① 代指我国第一颗原子弹爆炸成功的 1964 年。

② 指西安、洛阳两地。

深夜难眠平旦醒，今朝不适一时无。

夜游天鹅湖[①]

二〇一九年十月三日

流光溢彩戏天鹅，西域欢游唱战歌。
醉卧梨城香四溢，朔云暗月满江河。

观女儿春熙拍照有感

二〇一九年十月四日

姹紫嫣红粉未消，春熙上镜黯花潮。
晚风不与秋英便，只为株株入碧霄。

观祥熙二〇一七年三月二十四日所植树苗有感

二〇一九年十月五日

种树荒滩一幼苗，枝繁叶茂绿今朝。
海棠最怕红妆映，常忆祥熙昨日浇。

己亥大雪抒怀

二〇一九年十二月七日

大雪何时冷画屏，琼花不见草青青。
异乡亲友如相问，吟咏冬风醉卧听。

---

① 刊于 2023 年 6 月 7 日《绿原报》。

庚子元日

二〇二〇年一月一日

玉鼠携辉入禁城，兰花送福赠精兵。
晓寒料峭窗前坐，笑语迎春举酹觥。

己亥三九时节室内长寿花开

二〇二〇年一月十日

姹紫嫣红胜似春，枝繁叶茂柳为邻。
纵然一夜风吹去，犹赛江南老酒醇。

初秋晚景

二〇二〇年九月四日

彩虹两道挂晴空，绿叶枝枝傲晚风。
翁媪妇童忙拍摄，惊呼多载不曾逢。

参观杨业功纪念馆感怀

二〇二〇年九月二十八日

一生精武勤思学，两袖清风务正真。
自主创新求报国，追踪导弹傲川秦。

雷峰塔

二〇二〇年九月二十九日

一

日慧峰前绿水南，黄妃夕影伴秋岚。
潇潇细雨藤萝碧，玉桂寒香落石龛。

二

白氏思凡到世间，雄黄几盏泪长潸。
金山水漫高僧斗，梦醒儿郎祭塔还。

三

青山丽水悠悠事，万古清风一曲迟。
许白传奇无不晓，断桥柳色旅人知。

致敬加勒万河谷伤亡官兵

二〇二一年二月二十日

英雄气概耀边关，卫国昆仑斗贼顽。
血染吴钩酬壮志，不教胡马度阴山。

附：

和凡号并致敬加勒万河谷驻守官兵

付安镇

昆仑雪顶耸云天，铁血雄师矗险川。
卫国保家何所惧，誓驱敌虏定坤乾。

西域寻春①

二〇二一年三月二日

一

室外纤条十万枝，春红水绿柳先知。
星星生草多罗舞，翘首梨花怒放时。

二

中原三月百花开，西塞青杨初绽来。
暮暗不知桃李瘦，何时国色尽徘徊。

---

① 其一刊《诗词月刊》2021年第6期（总第184期）。

步韵方国礼《贺韩文建战友荣获入党五十周年纪念章》

二〇二一年三月二日

七一佳时缘手举，初心半世历沧桑。
古稀岁月声声震，使命连肩赛夏阳。

附：

贺韩文建战友荣获入党五十周年纪念章

方国礼

立党百年君占半，途经风雨阅沧桑。
前行不止争朝夕，奋发初心向太阳。

观首都遭遇特大沙尘暴有感

二〇二一年三月十六日

京都万里有黄龙，小镇风号啸稚松。
枯叶扶摇眸钝涩，楼前妇孺影无踪。

清 明

二〇二一年四月五日

一

清明前夜春苏醒，细雨蒙蒙荡碧空。
山下小园呈异彩，人来车往笑东风。

二

雨后清明草木新，桃红柳绿满城春。
金戈铁马肝肠断，缕缕青烟祭至亲。

题《军旅苑》微信群友高山之松图

二〇二一年八月十一日

昏黄灯下一孤翁，闹市观书比学童。
秦月汉关皆去也，夜阑老犬伴秋风。

贺我国首爆成功五十七周年暨神舟十三号发射成功[1]

二〇二一年十月十六日

金秋十月黄花舞，昔日春雷震宇寰。
夜半神舟今牧野，星河唤醒耀边关。

步韵彭继超老师《林萃路夜色》

二〇二一年十月三十一日

片片酡红树树缤，金秋晚夜最怡人。
嫦娥广袖当空舞，盛景星河满目新。

附：

林萃路夜色

彭继超

几片火红几树缤，秋光入夜更宜人。
经霜草木美如醉，随意来回多处新。

辞旧迎新

二〇二二年一月三十一日

虎跃龙腾生紫气，风调雨顺兆丰年。
军歌一曲融春雪，明月军营照碧天。

---

① 刊于2021年10月17日《战略支援报》。

春

二〇二二年三月四日

春风一夜绿胡麻，万里花开万里霞。
老友诙言何北去，梨香深处有人家。

马兰之春

二〇二二年三月三十日

雄浑军乐溢清晨，小草青青柳色新。
不是桃红杨落地，哪知三月已阳春。

春日偶成[①]

二〇二二年四月七日

一

故乡四月梨香尽，戈壁春红怒放时。
问讯芳菲何处觅，东风撩弄杏花枝。

二

舍外青青柳色纯，百花齐放满园春。
桃红梨白随风笑，孰料新冠戏弄人。

附：

和凡号《春日偶成》

付安镇

独眺枝头春意闹，静聆檐下燕欢鸣。
不知夜半潜风雨，晨露朝晖染落英。

① 刊于 2022 年 4 月 13 日《绿原报》。

悼罗亦农烈士

二〇二二年四月十八日

清晨掩卷独无眠，往事如烟热泪涟。
慷慨等车生死忘，湘潭人杰美名传。

罗布泊盐湖

二〇二二年四月十九日

一

波光潋滟晴方好，绿水柔和似玉奇。
盐卤方方台上踱，鸭鸣绕绕几人知。

二

一汪碧水润无边，异宝奇珍各万千。
疑是珊瑚全运会，谁知盐屑竞妖妍。

凉 皮

二〇二二年五月一日

凉皮一碗不夸奇，美味颜开妇孺痴。
借问寻常何故此，春城抗疫尚无嬉。

咏靖节先生

二〇二二年五月四日

一

归园独饮爱丘山，采菊躬耕日落还。
斗米折腰非隐逸，桃花源里赋诗闲。

二

我醉欲眠卿且去，超然绝俗久篱藩。

古今寒士垂高躅，五柳结庐无马喧。

紫 槐

二〇二二年五月九日

阵阵芬芳溢满怀，窗前遥望绣成排。
嫣红串串随风舞，走近方知是紫槐。

题咏闫慧萍

二〇二二年五月二十一日

八载兵团献至真，扶伤尽责最劳辛。
新冠突发为民请，最美医生守土人。

诗咏李敏[①]

二〇二二年五月二十一日

酷暑寒冬三十载，创新育种走奔忙。
万家受益薰衣草，河谷精油举世香。

端午吟

二〇二二年五月二十七日

缕缕粽香飘万里，军民常忆汨罗江。
如何怨事传千古，求索清忠世不双。

① 刊于 2022 年 7 月 30 日《兵团日报》。李敏，新疆生产建设兵团职工。

贺彭继超老师七十寿诞

二〇二二年五月二十九日

人生七十古来稀，火热青春赛玉晖。
试问彭公何遽此，东方巨响溢芳菲。

六一抒怀

二〇二二年六月二日

卌五年前乃幼童，如今已是白头翁。
田间犹忆禾苗小，风雨荒原伴俊雄。

观马兰诗友群七诗友欢聚西安照片有感

二〇二二年六月二十日

聚首西京泪眼潸，推杯换盏笑开颜。
评诗琢句书香沁，意厚情深震宇寰。

入 伏

二〇二二年七月十六日

皆言入伏寻常日，谁晓交逢雨一场。
看遍神州多酷暑，小城傍晚已风凉。

附：

次韵凡号《入伏》

夏云南

一连酷暑添生处，初伏升温纵上场。
你抖威风撑火伞，寒溪绕我纳炎凉。

次韵凡号《入伏》

陈国敬

一林高竹长遮日，拟筑春光作舞场。
何必新诗消暑去，世间清景是微凉。

依韵凡号《入伏》

范景利

入伏高温寰宇异，漉潮闷热亦寻常。
追怀昨日青春季，绿意清新遍地凉。

依韵凡号《入伏》

刘言文

谁言入伏不寻常，我唱荷花戏水芳。
遥望马兰生瑞气，还思大漠好风光。

依韵凡号《入伏》

陈境一

壬寅入伏似炉膛，七月葵花一朵黄。
叶茂杆青含贵籽，生机无限永朝阳。

和凡号《入伏》

韩文林

入伏如同进火笼，天天汗泡盼凉风。
又逢夏季艰难日，回首荒原一老翁。

和凡号《入伏》

韩文建

提篮四顾似蒸笼，庭树遮阴尽热风。
还是宅家门不出，空调送爽乐书中。

和凡号《入伏》

武世良

知了声声入夏隆，金蝉缓缓出幽宫。
炎炎酷暑心何静，凉雨丝丝送晚风。

和凡号《入伏》

贾全功

入伏无风日日晴，花田豆垅草荣荣。
儿童笑问他乡客，老者何时罢晚耕。

夜游金沙滩

二〇二二年七月二十四日

火树银花不夜天，凉风习习舞蹁跹。
还疑王母蟠桃会，谁料苍生赛上仙。

七夕赏葵

二〇二二年八月七日

金黄片片绮园开，疑是仙人入夜栽。
想必牛郎曾借走，幽欢天上笑声来。

夜 读[①]

二〇二二年八月十三日

伏案常闻翰墨香，黄金如玉册书藏。
宋词元曲求风韵，偶得佳篇喜若狂。

---

① 刊《诗词月刊》2022 年第 11 期（总第 201 期）。

为保民拍摄大担岛明月照赋诗

二〇二二年八月十六日

一轮明月当空照，似水柔情两岸生。
待到重阳佳节到，登高望远共山行。

诗人遇上茶

二〇二二年九月六日

一

夜诵唐诗爱绿茶，朝吟元曲掬朱霞。
残书半读金秋醉，陋室芬芳气自华。

二

为赋新诗有苦茶，总痴旧韵爱黄花。
读书最喜桃源记，把酒东篱近吾家。

壬寅中秋

二〇二二年九月十一日

一堆篝火袅中秋，半碗羊汤百味羞。
最美夕阳湖畔醉，嫦娥长袖舞神州。

复老兵韩文建

二〇二二年九月十七日

皮冻一盘三个饼，亲情无价万金难。
半天苦累为何事，快意人生不绔纨。

附：

观凡号周末发肉夹馍图有感

韩文建

皮冻一盘三个饼，双双忙碌自悠闲。
养生益动人常道，苦累无言又一餐。

读安镇兄转发诗句《往事回味》有感

二〇二二年九月二十日

造句遣词虽散淡，行间字里露真情。
平生看破无和有，苦辣酸甜百味明。

祝贾全功战友七十三寿诞

二〇二二年十月五日

国庆重阳逢上寿，五湖四海共欣欢。
琼浆玉液三尊奉，戈壁裁诗祝万安。

依韵全功友《观凡号拍摄马兰生态园美图有感》

二〇二二年十月七日

绿�摇曳水亭西，白鹭长鸣草屋低。
塞外秋风追细柳，人前鹊鸟戏娇妻。

附：

观凡号拍摄马兰生态园美图有感

贾全功

雕栏横跨小亭西，细柳秋风拂岸堤。
塞外天鹅湖上客，携来翠鸟语轻啼。

观孟哥拍摄马兰生态园美图有感

张青林

一池碧水映残秋，几片涟漪鹭鸟啾。
放眼凌波新马态[1]，烦愁尽扫暖心流。

独 酌

二〇二二年十月十二日

对酒当歌暗自伤，抚琴邀月菊添香。
陶公酬愿庐中客，赋句吟诗数十行。

贺子攸十八岁

二〇二二年十月二十二日

赵家有女已长成，户外登山叠嶂迎。
皓月窗前无秀色，丹青翰墨数娇英。

暮 秋

二〇二二年十月二十四日

秋染西疆风景秀，田园山野竞芳菲。
可怜静默无人赏，寂寞如何不久违。

立冬感吟

二〇二二年十一月七日

寒冬骤降露成霜，北雁南飞叶正黄。
凛冽西风庭院劲，东篱金菊溢芬芳。

① 即新疆马兰生态园，诗人居住地的休闲园。

饱经风霜色更佳[1]

二〇二二年十一月八日

深秋美景辉如画，历久风霜色愈佳。
淬火三春方绚烂，寥寥数语报刊排。

伤 秋

二〇二二年十一月十四日

窗外微寒秋景暮，几多劲舞几多狂。
谁人不晓西风意，满地黄金伴碎霜。

题兰姐发玉石胸针美图

二〇二二年十一月十八日

雍容华贵压群芳，百媚千娇艳柳杨。
皆道嫦娥奔月去，谁知飞燕扮新妆。

贺神舟十四号乘组凯旋

二〇二二年十二月五日

星河灿烂览无余[2]，难忘天宫半载居。
织女牛郎常走动，最忙乘组[3]返家舒。

---

① 刊于2022年11月8日《解放军报》，第23678号。

② 航天员蔡旭哲出舱后说："首次六个月的飞行，星河灿烂，一览无余，希望有朝一日重返太空家园。"

③ 神舟十四号在轨期间，迎来了问天、梦天、天舟五号及神舟十五号乘组，可以称得上是最忙乘组。

人生感悟

二〇二三年一月七日

人生休道几春秋，往事蹉跎莫说愁。
岁月如歌怀旧梦，奈何霜染少年头。

贺邱学臣七十寿诞

二〇二三年一月十日

人生七十古来稀，方得新诗墨宝祈。
又是春来秋去也，悄言何日嗅芳菲。

依韵楼兰剑客《看魏胡子画牡丹》

二〇二三年一月十五日

枯枝劲舞盼春来，数九寒冬百事哀。
换盏推杯长夜醉，风流最是牡丹开。

附：

看魏胡子画牡丹

楼兰剑客

万家阳过盼春来，雪地霜天百草衰。
喜见关中胡子魏，天天笔下牡丹开。

除 夕

二〇二三年一月二十一日

极目琼花寰宇舞，桌前碗碟伴屠苏。
蜡梅含笑宫灯影，爆竹声中一醉须。

咏 柳[①]

二〇二三年三月十九日

一

点点鹅黄枝上舞，丝丝碧绿雨中飞。
何如含笑青青绕，袅袅如烟晨晓霏。

二

翠绿新妆一树娇，风吹碧玉竞妖娆。
美人桥畔丝绦舞，百啭黄莺细叶摇。

电视连续剧《我们的家人》观后

二〇二三年四月二日

悲欢离合各无同，恩怨情仇漫宇穹。
心属岂能随意寄，艰难优渥乐其中。

伤 春[②]

二〇二三年四月七日

嫣红一抹慰春芳，花落无多别绿装。
丽草青青蜂蝶戏，莺歌燕舞闹池塘。

咏司马光

二〇二三年五月十三日

七岁砸缸救友忙，少年斩蟒美名扬。
四朝为相传千古，资治通今万世长。

---

① 其一刊于 2023 年 3 月 27 日《巴音郭楞日报》。

② 刊于 2023 年 4 月 19 日《绿原报》。

咏馒头榆

二〇二三年七月二日

今朝谁晓前天事，何语馒头四海羞。
往事悠悠常坐忆，功勋老树誉沙洲。

咏钻天杨

二〇二三年七月二日

夏日炎炎似火烧，百花无力舞宫腰。
银光片片钻天去，倜傥风流笑九霄。

赞国士林俊德

二〇二三年七月十六日

隐姓躬耕五十年，荒原报国勇当先。
冲锋不止争分秒，至死攻关撼地天。

金沙滩澜海水世界

二〇二三年七月二十三日

斜阳弄水博湖畔，数度龙王嬉戏中。
灯绿乐悠人劲舞，重重热浪笑春风。

赞我国首位女航天员刘洋

二〇二三年九月五日

昨日风流旅太空，今朝戈壁傲西风。
蛤蟆山下将军赞，举止言谈自不同。

赴洛阳参加《马兰花开》新书发布会

二〇二三年十月十五日

洛阳水席早听闻，群内诗朋今又云。
霞绮神都逢老友，举杯把盏可微醺。

洛阳白园吊香山居士家

二〇二三年十月十六日

一

顾况笑言常住易，少年才俊帝都传。
谁人不晓琵琶曲，举世闲吟长恨篇。

二

山清林秀斜阳晚，径曲花香碧水幽。
长恨琵琶吟唱泪，老翁卖炭使人愁。

开封龙亭咏菊

二〇二三年十月二十日

晚秋十月舞千姿，姹紫嫣红万客奇。
忠告百花毋学我，独吟一曲伴涟漪。

悼汪成农

二〇二三年十月二十三日

未曾谋面却相知，言语常常大漠随。
《我是马兰人》亦在，两行热泪落无时。

赏彭继超奥森公园拍迎春花

二〇二三年十一月十五日

立冬几日寒刚起，却见迎春怒放时。
时序轮流千古事，谁言万物最无知。

海棠果

二〇二三年十一月十六日

我家楼下海棠果，颗颗甘甜似火红。
圆润晶莹风骨在，寒冬无惧傲苍穹。

三题《马兰花开》洛阳行合影照

二〇二三年十一月十七日

昔日青丝今白发，荒原寂寂最相知。
古都吟唱三千曲，泪眼婆娑可问谁。

芦 花

二〇二三年十一月十八日

飒飒飘零白鹭洲，西风瑟瑟尚含羞。
斜阳归晚渔歌伴，最爱芦花在暮秋。

附：

依韵凡号《芦花》

李振华

一曲渔歌一叶舟，芦花瑟瑟也风流。
清波荡漾红霞晚，画意诗情白鹭洲。

夜读《诗词格律全集》

二〇二三年十一月十八日

早岁不闻平仄韵，今朝苦学始知难。
窗前夜半声犹在，灯下平明尚抚栏。

步韵老兵贾全功《致凡号》

二〇二三年十一月十九日

扎根戈壁尽雄英，亦是风流倜傥兵。
常忆春雷连响事，诗词歌赋曲声声。

附：

致凡号

贾全功

风流倜傥少精英，活跃诗坛一老兵。
发布新书甘奉献，前台后位掌声声。

看美图依韵夏老师《冬日所见》

二〇二三年十一月二十日

看图无语步匆匆，鸵鸟斜阳戏水中。
孔雀开屏冬日晚，明朝河里亦英雄。

附：

冬日所见

夏云南

遛弯来到小桥东，独对荷塘满眼空。
知否鸳鸯泥里宿，明年且看藕花红。

观马兰诗友洛阳聚会纪实片兼和安镇兄

二〇二三年十二月七日

弄月吟风把酒欢，军歌嘹亮荡山峦。

花开伊洛香千里，地北天南唱马兰。

附：

观马兰诗友洛阳聚会纪实片兼贺诸诗友

付安镇

伊洛风吟逐浪欢，余音袅袅意阑珊。

花开大漠芳菲永，四海同心诵马兰。

癸卯第一场雪陪女儿

二〇二三年十二月十六日

茫茫白雪惹童欢，阵阵寒风曼舞繁。

袅袅孤飞穿玉树，频频笑语荡山峦。

诗人遇上剑

二〇二三年十二月十九日

罗布荒原伴彩霞，卅年仗剑走天涯。

诗词千首三春赋，咏叹蘑云数朵花。

五律篇

贺新春[1]

二〇一六年二月七日

凡尘欢意舞，号令庆今朝。
恭贺迎三喜，祈求语九霄。
新年多富贵，春岁有琨瑶。
吉日同常乐，祥和共咏谣。

观马兰城西大片向日葵感赋

二〇一六年七月三十一日

春种千籽粒，秋收万石粮。
忠心留印迹，昂首向朝阳。
战士边陲立，英雄大漠彰。
马兰花姊妹，赤胆诉衷肠。

农历丙申七夕抒怀

二〇一六年八月九日

三百六余痴，唯因盼鹊时。
心中常挂念，雨里最相思。
冬夏忧伤远，春秋涕泗弥。
苍穹神女去，别怨有谁知。

农历丙申八月三五感赋

二〇一六年九月十五日

梦里依稀事，平明泪水涟。
嫦娥玉兔在，丹桂寒宫妍。

① 藏头诗。

对影盈杯酒，吟诗望月田。
常思团聚景，杨柳笑遒然。

小说《红头绳·黑头发》刊发《神剑》得句①

二〇一六年十二月十三日

寒冬数九期，暖意沁心脾。
初夏开篇好，黎明付梓饥。
难安三昼夜，惊喜一涟漪。
笃志耕耘路，初心所获怡。

晨练见老妪拄杖徐行

二〇一七年十一月五日

秋晚微风起，新居锻炼欢。
情深看老妪，步慢赛仙官。
绒帽三成旧，棉衣二里单。
古稀身典范，郎少最心酸。

初度记

二〇一七年十二月二十四日

冬寒御柳枝，慈母总称奇。
夜暮风中早，花淞雪里迟。
朝朝逢丽日，岁岁庆佳时。
寸草三春愿，谁言不可思。

---

① 《红头绳·黑头发》刊《神剑》2016年第3期，是日收到12月1日汇出的2200元汇款单。

二月二

二〇一八年三月十八日

龙欲升天日，桃花落满头。
东乡[1]春秀急，西域夏收愁。
筑囤埋灰笑[2]，除秋盼麦流。
龙王行正义，武曌[3]应知羞。

戊戌谷雨[4]

二〇一八年四月二十日

杨柳随风舞，子规不住啼。
天香唯国色，夜晚尽虹霓。
熙攘如梭布，嘈啾似黑鹂。
神憔须且乱，豫府旅人儿。

相见欢

二〇一八年七月十五日

七月长安见，西都旅梦圆。
夫妻同举酒，老少共闲篇。
欢笑阳平里，风流话务连。
秋华开盛日，再聚觅孤烟。

---

① 指诗人家乡。

② 中原大地有二月二用草木灰围囤埋五谷之风俗，寓意五谷丰登，所以有“二月二，龙抬头。大仓满，小仓流”之说。

③ 传说武则天登基称帝，玉皇震怒，下令不准施雨。龙王可怜百姓，普降甘霖，见怒于玉皇。

④ 刊《绿洲诗韵》第 12 期。

缅程公开甲[1]

二〇一八年十一月十九日

一

知晓铁船惊，愁乡不再行。
甘居红石涧，鏖战草滩棚。
寰宇春雷震，长空利剑鸣。
今闻西国去，举世放悲声。

二

面貌亚洲卿，玻恩弟子荣。
青春融手稿，核试献真情。
孔雀河边斗，寒山脚下争。
元勋垂千古，乍响享太平。

岁 除

二〇一九年二月四日

西域新年夜，交春料峭寒。
星垂金犬去，炮响旺猪欢。
夜半甘霖降，平明泪水酸。
精忠当隐姓，铸盾马兰滩。

东进敦煌

二〇一九年三月十九日

夜半出发，行至鱼儿沟因大风停车十小时。车内土气灌鼻，室外枝条狂舞。敦煌灯下，尘满面，鬓如霜。

三更别马兰，夜晚入云端。
黄土鱼沟舞，狂风左柳跹。

① 刊《春雷》2019年第1期（总第51期）。

残阳征战苦，大漠戍边寒。
雁去无留意，孤灯笑影单。

立夏当日再进红山

二〇一九年五月六日

立夏雨淋漓，寒鸦日夜诗。
草间花怒放，山上雪翔嬉。
气暖天新变，棉轻背乍披。
青青何所似，岁月岂无知。

己亥初夏京城逢彭继超、孙晓杰、郭富文三位《春雷》编辑感赋

二〇一九年五月十三日

初夏喜重逢，京师万里行。
别离寒冷季，相遇暮春耕。
携手《春雷》故，缘由大漠情。
蘑云虽远逝，天地尽回声。

陪李文泉到林俊德家乡讲授院士先进事迹夜宿泉州有感

二〇一九年五月十六日

闽西四五天，日夜水连连。
梅雨时来早，灵风季到先。
惊雷三更响，瀑布[1]一周翩。
湿热非戈壁，身心怎可眠。

① 即雨水。

别继超老师

二〇一九年六月九日

荒芜原上草，六月又西行。
拍照同彭老，交谈与小兵。
红花挥手笑，绿柳伴风鸣。
送别西门内，相欢一片情。

七夕出差洛阳偶得

二〇一九年八月七日

月夜鹊桥低，牛郎织女携。
不闻仙鸟唱，只见旅人稽。
故土逢亲友，中原念爱妻。
问君何半枕，梦里泪成溪。

春熙半岁记

二〇一九年八月二十二日

娇儿今半岁，为父又东征。
万里西行路，千村北别城。
飞云游子意，绿叶少年情。
鹏举无缘见，东坡有好评[①]。

附：

小女半岁感怀

郝杰

娇儿今半芳，老爸四更忙。
相隔千村外，诗词诉旅肠。

① 指出差杭州，无暇参观岳王庙，仅吃到东坡肉。

依韵刘言文《己亥中秋吟》

二〇一九年九月十三日

年年话仲秋，岁岁赋诗留。
重地逢朋乐，孤城笑草幽。
清泉东向去，明月北方游。
蔬果常无味，边关尽沈愁。

附：

己亥中秋吟

刘言文

年年度仲秋，岁岁赋诗留。
天有云遮月，心无意境收。
风传情送好，雨劝乐驱忧。
伏案翻辞海，刨根问底游。

十一月八日立冬时节体能考核抒怀

二〇一九年十一月十二日

寒风啸小城，秋去鸟无鸣。
远近三千米，呼嘘六十声。
枯枝喧宇宙，黄叶舞军营。
疾步标杆过，归来体更轻。

观青岛标志性雕塑《五月的风》

二〇一九年十一月十六日

和平会议差，青岛主权丢。
快讯啸中华，呼声荡木舟。
国人多奋勇，政府少忧愁。
风劲螺旋上，红雕对主楼。

恭王府见闻

二〇一九年十一月十八日

王府堂皇地，和珅始建园。
庄严同气宇，富丽又蜒蜿。
鱼戏宫池[①]水，藤缠萃锦轩。
幽台言往事，廊下话天元[②]。

十一月十七日战友相聚京城

二〇一九年十一月十八日

冬日意阑珊，高楼把酒欢。
千言描大漠，万语话营盘。
泪洒阳平里，情融孔雀滩。
楼前风怒吼，春意绕衣冠。

观祥熙画作有感

二〇一九年十二月九日

野趣青牛伴，红荷月下休。
菊花香万里，松鼠跃三秋。
稚子塘边钓，熊猫树上求。
儿童今九岁，书画可行舟。

---

① 即蝠池，是王府内形状像一只蝙蝠的水池，与廊内木雕的蝙蝠组成一万只，寓意万福。

② 指岁时运行之理。

附：

长相思·观九岁稚童画作

张世武

看画图，识画图，笔下丹青熔一炉。老夫心内舒。
心欢愉，目欢愉，灵感非常千里途。稚童人特殊。

长相思·观九岁稚童画作

李启亮

看画图，品画图，松鼠荷花月下舒。神童笔力殊。
你欢愉，我欢愉，泼墨挥毫山水途。少年才俊书。

喜闻小女春熙喊爸

二〇一九年十二月十二日

昨晚才开口，今晨竟数声。
喃喃如乳燕，朗朗赛黄莺。
冷月窗前照，寒霜石上生。
飘飘心欲醉，微笑梦中萦。

附：

步韵凡号《喜闻小女春熙喊爸》原玉

张世武

诞日余曾贺，《长相思》里声。
心舒甜似蜜，字正亦如莺。
捻指逢冬冷，来年庆岁生。
稚童虽万里，白发笑中萦。

己亥冬月廿二日乌鲁木齐赴三亚

二〇一九年十二月十七日

冰火两重天，云空万里绵。
银凌檐下挂，绿树路边妍。
飞絮扬苍野，长河[①]竞锦船。
今朝观四季，西域想三年。

步韵张世武《写于三军开训》

二〇二〇年一月四日于列车上

戈壁练精兵，军营怒吼生。
春秋常砺剑，冬夏亦诛鲸。
花甲能交战，韶华擅打赢。
寒风犹烈火，将士岂虚名。

附：

写于三军开训

张世武

军中百万兵，八一虎威生。
云破机长剑，波扬舰巨鲸。
青春冰可化，碧血仗方赢。
铁壁铜墙固，英风一代名。

己亥腊月廿日夜天降大雪

二〇二〇年一月十五日

空山迎瑞雪，夜半笑苍穹。
柳絮青天舞，飞花碎叶笼。

---

① 指亚龙湾。

飘飘军帐外，瑟瑟阵营中。
报信春来早，寒梅说岁丰。

题于春熙一周岁

二〇二〇年二月二十二日

春熙今一岁，欢笑遍山川。
踽踽如醺客，啾啾赛杜鹃。
寒梅凌日月，乳燕傲云天。
最喜春时节，花红万木妍。

庚子龙抬头东望故乡

二〇二〇年二月二十四日

春来花怒放，朗朗笑声传。
欢跃三耆老，啁啾一杜鹃。
莺鸣田野里，柳曳水渠边。
不负和风煦，神州锦绣妍。

惊闻著名歌唱家克里木今晨仙逝[1]

二〇二〇年三月三日

掀起盖头来，新疆舞蹈才。
京城歌盛世，西域唱瑶台。
奥运华年颂，军营戏曲回。
花冠留记忆，热泪挂双腮。

① 刊《诗词月刊》2020 年第 6 期（总第 173 期）。

三八节抒怀

二〇二〇年三月八日

一盘凉面始，劳苦半边天。
数个笼包小，多年米饭先。
荒原犹紧控，节日却无眠。
随意春芳去，深居粉黛贤。

黄羊沟

二〇二〇年四月二十七日

深居多雅静，沟壑亦无形。
沙白乌金染，羊孤卤水停。
千军驰重地，万马去轻刑。
驼草新亲好，春雷动府厅。

庚子立夏春熙独立行走记之[1]

二〇二〇年五月五日

夏初新雨后，户外独行忧。
跌撞如憔媪，踉跄似醉猴。
春岚山下漾，笑意面中羞。
小满花红日，身轻上蚁丘。

附：

口占三绝句以贺春熙独立行走

张世武

一

立夏花依旧，芳菲竟在心。

① 刊《诗词月刊》2020年第8期（总第175期）。

迎风如舞蹈，相赞抚瑶琴。

二

春熙春日暖，迎夏马兰间。

手舞呢喃乐，欢欣尽笑颜。

三

雏燕迎风起，春归赏马兰。

人间情趣在，代代可书丹。

再次探寻影视剧《有个地方叫马兰》拍摄地

二〇二〇年六月十八日

荒原沟壑内，红柳早含羞。

白日枝头照，黄沙屋后流。

花香千里远，叶唱九州幽。

影视军民晓，麻黄亦傲秋。

胜利村

二〇二〇年七月十九日

众多钢铁汉，日夜战荒滩。

冬夏风沙饮，春秋被服寒。

善拼三月笑，敢打十年欢。

艰苦寻常事，英雄亦自安。

纪念程开甲诞辰一百零二周年暨马兰开甲广场举行铜像揭幕仪式

二〇二〇年八月三日

程开甲院士是“两弹一星”功勋奖章获得者，二〇一三年国家最高科学技术奖获得者，二〇一七年八一勋章获得者，二〇一八年感动中国人物，二〇一九年获人民科学家国家荣誉称号。谨向程院士致以崇高敬意！

西域蛮荒地，兰花分外香。
官兵流热泪，将士望朝阳。
炮响功勋著，雷鸣日月藏。
一世为核盾，中华美名扬。

咏伟人山

二〇二〇年八月十九日

茫茫戈壁滩，最爱伟人山。
独坐窗前静，常思洞里艰。
高瞻千国颂，远瞩万民潸。
白发青丝鼓，春雷震宇寰。

处暑日春熙岁半适逢《庚子立夏小女春熙独立行走记之》刊发《诗词月刊》

二〇二〇年八月二十二日

交逢处暑时，岁半梦中知。
疾走如风至，甜言赛鹊嬉。
诗词皆品性，欢笑亦相思。
待到明朝后，亭亭望月时。

庚子白露

二〇二〇年九月七日

一

风凉燥叶生，碧水百花晶。

白露三更降，寒蝉夜半鸣。
香梨皆采撷，土地有耘耕。
鸿雁归来早，田农猎获盈。

二

白露不经霜，田园百物黄。
清晨风乍起，夜半褥冰凉。
寰宇千村喜，神州万户康。
秋红随雁至，沃野共新装。

写在第三十六个教师节

二〇二〇年九月十日

教诲似和风，恩情总暖融。
阳晖连漠北，仁泽润山东。
桃李三千将，贤能七十雄。
春蚕犹可比，蜡炬不扶同。

九月十二日再进红山

二〇二〇年九月十二日

绿草随风舞，牛羊遍地飘。
蓝天如水洗，石壑赛人娇。
径野山崖竦，残阳将校聊。
频频回首望，高唱马兰谣。

出差前夜小女高烧不退

二〇二〇年九月十四日

昼夜不曾眠，何其两泪涟。

午时欢乐后，傍晚热烧先。
擦洗无消退，啼呼有苦煎。
阴晴人在外，为父最萦牵。

启运我国第一颗原子弹至罗布泊之上星站

二〇二〇年九月十七日

轰隆前日起，万里赴兰城。
原子随风舞，胡杨伴雨倾。
严霜雷乍响，戈壁掌齐鸣。
马叫人欢处，今朝寂漠[①]生。

缅怀洛宾先生

二〇二〇年九月十七日

青春舞曲鸣，万众尽歌声。
月亮徐爬起，他乡可愕惊。
一生丝路唱，半世乐缘荣。
旋律传寰宇，民歌不了情。

原子城参观感怀创业之艰难

二〇二〇年九月二十日

原子城中事，炎黄不晓多。
爆轰常遇险，试验有降魔。
鏖战凝香雨，攻关上陡坡。
病夫从此去，赢得国民歌。

---

① 同寂寞，冷落、凄凉。

两弹城感怀

二〇二〇年九月二十日

梓潼风水地，两弹美名传。
日夜攻关苦，军民奉献先。
依依离别早，踽踽独孤煎。
夜语荒原月，春雷啸九天。

向雷锋同志学习

二〇二〇年九月二十一日

望城穷小子，荣愿进军营。
憎爱非根本，言行亦德诚。
笃心仁义信，赞语礼忠情。
榜样工商学，精神永共鸣。

访共和国摇篮瑞金

二〇二〇年九月二十三日

红都思昼夜，战士念南归。
一地三诗唱，双园十画围。
巍巍功德在，曼曼景观霏。
业伟传千古，名成颂万晖。

瑞金红井饮水思源

二〇二〇年九月二十四日

秋雨京都起，浓云树下低。
耕田思政党，饮水唱黄鹂。
古井游人绕，晨鸡旧舍啼。

红军恩似海，主席万年稽。

步韵朱熹《怀岳麓》暨参观岳麓书院有感

二〇二〇年九月二十五日

惟楚多灵气，良材问自身。
神州看纵横，湘地有清新。
不负韶华语，常怀教诲春。
声声殷切嘱，字字尽超伦。

步韵王维《山居秋暝》暨秋日黄山登高

二〇二〇年九月二十七日

徽州新雨后，松下赛寒秋。
树树霜无降，山山瀑有流。
白云临幻境，青蔼近烟舟。
欲问何仙地，娲皇可愿留？

国庆中秋前夕新老战友相逢杭州

二〇二〇年九月二十九日

柳绿花红地，秋禾草木深。
英年推玉盏，老妇赞雄心。
青海商谋事，西湖践诺金。
新丰香四溢，缘是马兰音。

国庆中秋前夕参观见学有感

二〇二〇年九月三十日

南北十余日，东西百万寻。

皆言游学好，谁晓旅居淋。
明月来闲伴，孤灯亦独吟。
寒秋青发白，叶落一文金。

国庆中秋同至抒怀①

二〇二〇年十月一日

疆域千里秀，中华万年春。
祖国迎初度，中秋聚至亲。
红旗扬泰宇，明月照川秦。
瀚海丹心赤，楼兰铸盾人。

咏贺国庆中秋喜相逢②

二〇二〇年十月一日

北斗巡寰宇，嫦娥舞昊苍。
城皋旗艳曳，屋舍乐飞扬。
月皎金英秀，风寒玉桂香。
中秋逢国庆，盛世谱华章。

国庆第五天乌拉斯台观胡杨有感

二〇二〇年十月五日

一

国庆梦中游，清晨塞外幽。
庭前闻鸟唱，树下望云流。
红柳刚交夏，胡杨早晓秋。

① 刊于2023年9月26日《巴音郭楞日报》。

② 刊于2023年9月26日《巴音郭楞日报》。

斜阳风雨舞，往事在心头。

二

金黄僻野羞，危叶不知愁。
曼语三千载，扬眉数万州。
风中悲暴雪，雨里傲吴钩。
古道昏鸦怨，无言上戍楼。

中篇《一副对联》刊发《神剑》记之并追忆往事

二〇二〇年十月十一日

一

新文言旧事，荒野望残霞。
夜半清风绕，三更霁月斜。
主编孤馆舍，校对冷庭衙。
寥寂何从寄，秋思伴苦茶。

二

《一副对联》文，荒原尽识君。
能工谁不晓，往事亦听闻。
将帅沟壕疾，军民昼夜勤。
春雷惊碛漠，曲曲奏超群。

纪念抗美援朝出国作战七十周年暨观看六集电视剧《英雄儿女》有感[①]

二〇二〇年十月二十五日

祖国召唤

领袖豪言壮，炎黄士气昂。
舍生同敌忾，忘死共疆场。

① 刊于2021年10月27日《吐鲁番日报》。

元帅春秋笔，军民日月光。

高歌东向去，抗美济朝方。

极限战争

寒劲风呼吼，荒丘雪舞翔。

宝山[①]身奋矫，永发[②]血方刚。

万岁军名显，冲锋号角扬。

英雄孤胆[③]勇，卫国战他乡。

热血忠诚

军营多铁血，苹果见真情。

五圣山前赞，伤心岭[④]下荣。

少云[⑤]轻烈火，继恕[⑥]尽忠诚。

天地皆垂泪，江河尽失声。

越战越强

航校看东北[⑦]，人才震碧空。

---

① 温井之战中，360 团班长石宝山只身挡住了敌人的退路。面对蜂拥而上的敌人，25 岁的他果断拉响了爆破筒，成为朝鲜战场上第一位与敌人同归于尽的志愿军勇士。

② 秦永发是入朝作战第一位以肉体与钢铁搏斗、打掉敌人坦克的英雄，他打坦克的招数成为此后朝鲜战场上志愿军步兵打坦克的遵循范例。

③ 在第五次战役雪马里战斗中，在战友的配合下，刘光子俘虏了 63 名美英军，创造了单兵俘虏敌军人数最多的纪录，因此被授予“孤胆英雄”称号。

④ 即上甘岭。联合国军称上甘岭为伤心岭。

⑤ 即邱少云。

⑥ 即黄继光的弟弟黄继恕。以身堵枪眼的黄继光牺牲后，他的母亲邓芳芝又将小儿子黄继恕送到了朝鲜战场。

⑦ 东北老航校为新中国培养了一大批飞行员。

宝桐[①]惊敌寇，王海[②]慑仇戎。
狭路相逢勇，苍穹撞遇攻。
冲天烟火起，今日亦称雄。

万众一心

安东多运动，担架少轻伤。
香玉[③]梨园竞，英东[④]实业藏。
全民同炒面，举国共严装。
妇孺齐冲阵，同仇敌忾彰。

永远铭记

热血铸冰雕，长津[⑤]士气昭。
湘江英伟岸，桧郡[⑥]墓萧条。
泉下埋忠骨，人间赞锦标。
名垂当久远，不朽永歌谣。

---

① 在抗美援朝空战中，赵宝桐共击落美机7架，击伤2架，创造了志愿军飞行员个人战绩最高纪录，被授予“一级英雄”荣誉称号，两次荣立特等功，成为人民空军历史上的“空战之王”。毛主席听了他的事迹，风趣地说：“开着飞机打仗，我不如赵宝桐。”

② 1952年12月3日，人民空军著名战斗英雄王海率领空3师9团1大队12架米格–5战鹰在清川江上空与美军第51大队相遇，最后以6∶1的战绩赢得胜利。在空3师战报上，毛泽东主席批示：“向空军第三师致祝贺。”

③ 即常香玉。

④ 即霍英东。

⑤ 即长津湖。1950年11月27日，朝鲜长津湖气温骤降到摄氏零下50度，为50年来的最低纪录。战斗打响后，为围堵逃跑的敌人，我志愿军第九兵团某连官兵129人被冻成冰雕。

⑥ 即埋葬有毛岸英等诸多抗美援朝烈士的朝鲜桧仓郡烈士陵园。

赞电影《上甘岭》中八连连长张忠发原型暨抗美援朝某部七连连长张计发[①]

二〇二〇年十月二十八日

计发老英雄，援朝建伟功[②]。
冽风书勇武，热血绘霞虹。
岭下枪烟漫，山前炮火隆。
赞皇多敏俊[③]，诗咏颂耩翁[④]。

再赞老英雄张计发

二〇二〇年十月三十一日

青年奔异地，忘死战夫惊。
亮剑顽凶斗，屠狼伟业擎。
硝烟驰广陌，苹果显豪情。
常忆忠魂事，和平永固生。

马兰雪[⑤]

二〇二〇年十二月二日

梨花舞玉峦，室内独凭栏。

---

① 张计发，1926 年出生，河北赞皇人，1951 年入朝作战，任志愿军 15 军 45 师 135 团 7 连连长。上甘岭战役中，张计发带领连队击退敌人一次又一次反扑，一度战斗到只剩下 8 人。撤下战场时，原有 216 人的连队只剩下 19 人。

② 荣立个人一等功和集体一等功，并获朝鲜民主主义人民共和国二级独立自由勋章。

③ 张计发和指挥上甘岭战役的 15 军参谋长张蕴钰同为河北赞皇人。

④ 年迈的老翁。老英雄今年已是 95 岁高龄。

⑤ 刊于 2023 年 12 月 18 日《绿原报》。

零落珠帘湿，芬芳锦衣单。
乱风高树啸，瘦雨小村寒。
日暮天山寂，纷纷堕马兰。

十二月二日大雪纷飞暨老兵别离军营

二〇二〇年十二月二日

夜半琼花舞，红梅俏影欢。
灯昏风欲静，叶落树亦寒。
耳畔歌谣骤，车前鼓角残。
黄沙征战苦，犹忆戍楼兰。

马兰赏雪[①]

二〇二〇年十二月三日

瑞雪兆神州，民强盛世谋。
梅红香陌野，絮白舞轻裘。
万木披银甲，千峰戴玉鍪。
山前回首望，诗意荡心头。

冬日拉练博斯腾湖

二〇二一年一月十七日

汽笛数声忙，严冬罕暖阳。
沙风驱暮霭，冰雪染晨霜。
万里寒光冷，千年瑞色藏。
壮怀龙虎啸，戍客铸华章。

---

① 刊于 2023 年 12 月 18 日《绿原报》。

庚子腊月廿二日亥时立春西域感怀

二〇二一年二月三日

夜半寒霜舞，今朝暖日融。
青杨枝上望，白柳塞边躬。
阳气盈戈壁，春风润昊穹。
遥知梅竞绽，梦醒影朦胧。

贺小女春熙两周岁

二〇二一年二月二十二日

东风戈壁舞，西域柳初萌。
暮送斜阳笑，朝迎旭日行。
牙牙身后唱，窃窃耳边萦。
弄玉凭栏望，元春最有情。

辛丑元夕

二〇二一年二月二十六日

营盘多玉树，灯火照街繁。
耳畔风嘶吼，枝头影闹喧。
寻梅梅独语，问柳柳无言。
一夜烟花舞，清欢在上元。

春雷情深

二〇二一年三月三日

自1964年由张爱萍题词以来，《春雷》已历经半个多世纪。虽三易其名，历六任十余人编辑，但初心不改，使命连肩，始终把弘扬马兰文化、传承马兰精神作为己任。余办刊近十载，编撰逾卅期，常深夜伏案，共赏共研。时光荏苒，今别《春雷》老友，赋诗以记之。

创刊逾半世，弹指一挥间。
儒将题名号，精兵铸笔山。
诗词常振奋，评述亦斑斓。
十载《春雷》谊，平明泪眼潸。

惊蛰得句

二〇二一年三月五日

正午熙阳照，清晨彻夜寒。
不闻飞鸟语，难得炸雷欢。
白柳荒原舞，青杨砾地残。
空吟《春晓》句，杯酒独凭栏。

周末踏春得句

二〇二一年三月二十八日

夜半东风疾，平明绿柳知。
春桃花曼婉，晴雪苑娇痴。
青鸟凌空舞，玄天盼雨驰。
洛阳三月晚，塞外四时迟。

雨后登高寄怀

二〇二一年六月九日

小城多盛景，雨后绽苍穹。
两水红鹅舞，三桥细柳弓。
堤边波漫漫，荫下雾蒙蒙。

涕泪随风涌，登高忆二公[①]。

游博斯腾湖[②]

二〇二一年六月十四日

舍北望山巅，村南一马先。
身飘三丈地，心跳九重天。
海鸟时时舞，游船日日眠。
长河风浪疾，大漠起孤烟。

辛丑小暑商丘得句

二〇二一年七月九日

窗外温风舞，房中小暑来。
挥汗如洗雨，抹脸复挠腮。
摇扇南桥坐，观溪北柳呆。
西瓜偕絮袄[③]，遥忆古轮台。

写在八一[④]

二〇二一年七月三十日

一

战士荒原走，豪情大漠妍。
沟南经迅雨，岭北望层巅。

---

① 指张文献和陈国敬。

② 刊《诗词月刊》2021 年第 11 期（总第 189 期）。

③ 新疆有“早穿棉袄午穿纱，围着火炉吃西瓜”之说。

④ 刊于 2022 年 8 月 3 日《绿原报》。

饮马黄羊壑，攻关雁翅泉[①]。
寒沙罗布舞，热泪两腮涟。

二

猎猎军旗啸，悠悠鼓曲连。
王孙征汉地，才俊战胡天。
碛月平明别，清风夜半眠。
孤烟山下起，白发耳边翩。

悼逍遥之祖庄周

二〇二一年八月六日

崇尚自由因，园官宋国人。
“道通为一”[②]语，“内圣外王”[③]亲。
游世三玄[④]学，逍遥七秩身。
濠梁之论[⑤]久，梦蝶亦埃尘。

美人桥

二〇二一年八月二十一日

一

缕缕煦风撩，悠悠百草娇。
彤云回首望，白雪当空飘。
树下吟《梁祝》，山前唱《九韶》。
鹊鸣多夜半，情动美人桥。

---

① 黄羊沟、雁翅泉，地名。

② 庄子认为，道在万物，万物平等。

③ 庄子最早提出的“内圣外王”思想，对儒家影响深远。

④ 《庄子》《周易》《老子》并称三玄，在哲学方面有较高研究价值。

⑤ 即公元前 332 年庄子与惠施游濠水时鱼乐之辩。

二

山嶂分幽谷，溪流旧地萦。
桥头多笑语，河畔尽欢声。
碧水秋冬酿，红妆昼夜耕。
春雷鸣四野，戈壁故人情。

三

骤雨舞红山，寒风过玉关。
同牵明月下，相拥素光间。
闲步祥云起，怡情野柳攀。
美人何处有，桥上影斑斓。

小女春熙入学记之

二〇二一年九月七日

娇儿入学堂，慈母泪汪汪。
书画三箱满，衾襦四袋装。
风光多旖旎，脚步独彷徨。
窗外秋霜白，庭中寂寞长。

月夜忆故乡[1]

二〇二一年九月二十一日

又是月中秋，乡音异地求。
举杯邀玉兔，对影照银裘。
老树朦胧美，寒山缱绻愁。
夜来诗酒兴，欲语泪先流。

① 刊《诗词》2022 年第 23 期（总第 931 期）。

金秋马兰

二〇二一年十一月二日

红果枝头挂，青杨舍后哀。
春来花有语，冬至草无徊。
万叶凌空舞，三人结伴来。
鹊惊高笑远，月皎晚秋魁。

立冬咏雪[①]

二〇二一年十一月七日

万里琼花舞，千村冷雨朦。
夜深寒乍骤，天亮暖临终。
草野风低语，田园雾敛躬。
凌云惊玉帝，漫壑乱顽童。

蛤蟆山下

二〇二一年十一月二十八日

柳絮舞黄昏，寒风绝印痕。
孤身山下伫，暝色石前奔。
羌笛悠悠远，秦箫款款温。
月明堪倚杖，雪落祭英魂。

依韵刘言文《石蛙傲雪》

二〇二一年十一月二十八日

红山蛙石巨，亿载伴荒凉。
只待惊雷吼，多怜暴雨狂。

---

① 刊《诗词》2022 年第 23 期（总第 931 期）。

腾云追织女，踏雪戏牛郎。
戍鼓神州震，边歌宇宙扬。

附：

石蛙傲雪

刘言文

红山蛙傲雪，四季伴胡杨。
寒暑皆无惧，风沙尽可尝。
朝闻神马战，夜眺孺牛忙。
大漠英雄颂，楼兰好汉彰。

辛丑大雪多日雾霾

二〇二一年十二月九日

郁雾连天起，貂袍正午单。
寒风淫雪柳，朔气浸山峦。
玉景亭轩秀，青台鼓乐欢。
飞歌萦倩影，笑语醉荒滩。

扁 食[①]

二〇二一年十二月二十一日

弯弯白月浮，曲曲唱无休。
举箸知香味，推杯醉戍楼。
寒山声影远，瘦雪石云羞。
极目中原望，庭前泪自流。

① 方言，即饺子。

贱诞感怀

二〇二一年十二月二十四日

冬来兰蕊俏，明月寂无声。
遥寄相思苦，闲吟寿诞情。
雀惊随影舞，蛩遁入门鸣。
故地篱垣别，连营泪眼盈。

新年伊始，陪景观区设计单位七位老师场区调研有感

二〇二二年一月六日

朝迎旭日升，暮送夕阳矜。
白草随风啸，黄沙助砾兴。
嗨锅偕冷水，荒路伴昏灯。
冬去思先辈，春来展大鹏。

壬寅立春适逢冬奥开幕

二〇二二年二月四日

立春梅怒放，冬奥雪冰晶。
火炬传中国，宾朋聚北京。
五环旗帜艳，四海性情宏。
举世多豪勇，神州尽俊英。

观《长津湖》感怀

二〇二二年二月七日

异国衣衫单，丹心御岁寒。
钢枪虽逼冷，炒面尚能餐。
战士融飞雪，冰雕痛岗峦。

长歌神鬼泣，血火铸营盘。

观安民硬笔书法作品感怀[①]

二〇二二年二月十六日

灯火万家时，天怜有客知。
惊看新岁景，默念旧年诗。
雷爆荒原静，人喧大漠崎。
春来冬又去，守夜忘相思。

咏红山防空洞

二〇二二年二月十九日

风云多突变，世事本无常。
祖国一声唤，青年三月忙。
鹰惊随叶舞，烛灭伴虫殇。
洞内鸿猷定，春雷镇八方。

咏湘秦作品

二〇二二年三月一日

诗词皆品性，韵味透长安。
流水行云缈，飞龙舞凤欢。
十三朝咏唱，千百载游观。
斗转星移换，书香浸墨盘。

① 刊《诗词月刊》2022 年第 7 期（总第 197 期）。

游西安大唐不夜城依韵苏味道《正月十五夜》

二〇二二年三月二日

火树银花合，灯楼乐馆开。
游人声复绕，过客笑还来。
彩衣飞南舍，霓虹舞北台。
问君何所至，孤寂太真哀。

赞林俊德院士遗孀黄建琴

二〇二二年三月三日

五载寒窗苦，初秋进柳营。
荒原听炮响，戈壁伴雷鸣。
斗舍结连理，田园共辱荣。
醋油茶不足，柴米肉无盈。
铸盾平生爱，鸣金一世情。
伟人山下战，孔雀水南耕。
酷暑丘旁憩，严冬砾上征。
十年盐水饮，九朵核云惊。
学府高才女，军营秀慧兵。
木兰何所是，俊德并肩行。

亲手将林俊德诸多物品装箱

二〇二二年三月四日

小小集装箱，仓中数百藏。
两三堆物什，五六件征裳。
早霭沾头冷，春风拂骨凉。
平常桃月季，是日汗珠长。

为林俊德纪念馆展陈物品赴陕所感

二〇二二年三月五日

吉时驰胜地，日夜却繁忙。
薄饼多三口，凉皮仅一张。
鞋跟高且重，衣袂少还长。
身累心犹喜，归来谱锦章。

西安返疆空中鸟瞰乌鲁木齐夜景①

二〇二二年三月五日

耳畔嗡嗡响，胸中不谧宁。
灯光鳞次耀，楼宇犬牙零。
夜色凉如水，邦图美赛屏。
珠明人鸟瞰，疑是满天星。

赞木棉花

二〇二二年三月十六日

万朵木棉花，云空映彩霞。
一城红似火，千树艳如华。
殿阁髫翁赞，亭台少女夸。
连天飞蝶舞，梦里笑娇娃。

今日春分

二〇二二年三月二十日

昼夜两平分，天时最悦欣。
千城风雪舞，一地土尘纷。

---

① 刊《文学月报》2022 年第 11 期（总第 179 期）。

关内媚桃李，山前梦蝶裙。
春来诗意发，常忆百花芬。

咏 梅

二〇二二年三月二十一日

窗前一树梅，傲骨峭寒开。
朵朵幽香逐，枝枝疏影徊。
庭园和靖唱，墙角半山哀。
岁岁春来早，迎风舞望台。

吐尔根的春天

二〇二二年三月二十四日

荒坡换碧装，满目杏花香。
倩影闲愁远，轻烟旦日长。
山前嗤翠柳，雨后戏斜阳。
昼夜皆飞舞，阴晴有粉郎。

春到马兰

二〇二二年三月三十日

荒原新吐绿，戈壁艳阳天。
翠柳迎风舞，垂榆惹客怜。
花间歌宛转，树下貌婵娟。
落日田园里，凭栏草木前。

壬寅暮春①

二〇二二年三月三十一日

一

斜风杨柳翠，细雨鹊乌藏。
梨白千枝舞，桃红万朵香。
一畦菠菜绿，两垄韭花黄。
野外寻青醉，山前赏景忙。

二

丝丝细雨飘，杨柳碧空邀。
耳畔轻轻语，胸前款款撩。
风吹人欲醉，草绿色多娇。
帘卷斜阳晚，花飞夜定凋。

贺神舟十三号归来

二〇二二年四月十六日

筑梦空间站，飞船舞九天。
巡宫无险阻，揽月有蹁跹。
举世传佳话，炎黄赞俊贤。
遨游时半载，勇士伴婵娟。

暮春春雨

二〇二二年四月二十八日

一夜听春雨，天寒白昼凉。
苍榆怜幼草，翠柳笑新秧。
池阁清颜现，亭台彩饰彰。
楼前歌一曲，山顶眺东乡。

① 刊于2022年4月18日《绿原报》。

参加“喜迎二十大 阔步新时代”2022活力马兰大众健步走活动有感

二〇二二年四月三十日

健步春天里，千人疾速行。
闲谈无将士，说笑有翁婴。
笙乐楼前奏，汤糕路口迎。
怡情葱绿沐，阅读在军营。

马兰花开

二〇二二年五月一日

戈壁马兰开，嫣红姹紫来。
浮香飞阁榭，彩蝶舞亭台。
追忆惊雷事，怀思铸盾才。
鸟鸣随叶动，月下独徘徊。

观电视连续剧《大秦帝国之裂变》吊法家卫鞅

二〇二二年五月三日

变法强嬴国，移风易俗辛。
煌煌功业伟，戚戚甲戈频。
徙木明诚信，严刑恶舍邻。
五牛分尸逝，千古第一人。

立夏吟

二〇二二年五月五日

春意阑珊处，城乡立夏来。
山川花百盛，石涧水千回。

热汗微微溢，清风阵阵徊。
绿荫浓烈日，明月影无陪。

相 思

二〇二二年五月十二日

立夏再无寒，黄莺啭马兰。
风吹香遍野，雨打绿连盘。
月下多追影，花间独倚栏。
相思飞万里，异客夜难安。

相聚古都[①]

二〇二二年六月十五日

一

西北长安眺，遥思战友常。
桂鱼羞细火，国酒溢清香。
泪热言冬夏，情深忆柳杨。
青山遮不住，六月别离伤。

二

一别两三年，相思泪水涟。
豪言如骤雨，壮语似惊天。
盏盏兰芝举，弯弯碧翠妍。
银辉添秀色，浅醉独酣眠。

① 刊于 2022 年 6 月 22 日《绿原报》，其一又刊《诗词月刊》2022 年第 9 期（总第 199 期）。

咏荷[1]

二〇二二年七月七日

一塘娇菡萏，满目尽绯红。
雨落珍珠聚，风摇玉液融。
围观三百足，吟唱六千丰。
无意群芳妒，清香醉媪翁。

附：

依韵凡号《咏荷》

贾全功

荷花开满堰，举绿映塘红。
燕舞蓬桥北，莺歌草甸东。
千枝并蒂秀，万朵带莲葱。
六月斜阳里，瑶池醉钓翁。

今天是个好日子[2]

二〇二二年十月十六日

五十八年前，春雷震昊天。
神舟寰宇舞，华胄九州翩。
会盛人贤达，秋黄景秀妍。
蓝图群杰绘，椽笔谱新篇。

---

① 刊于 2022 年 7 月 20 日《巴音郭楞日报》。

② 1964 年 10 月 16 日，我国第一颗原子弹在罗布泊爆炸成功。2003 年及 2005 年 10 月 16 日，神舟五号、六号先后在内蒙古成功着陆。2021 年 10 月 16 日，神舟十三号发射成功。2022 年 10 月 16 日上午 10 时，中国共产党第二十次全国代表大会在北京人民大会堂开幕。

热烈祝贺《我是马兰人》出版发行

二〇二二年十月十六日

一

我是马兰人，荒原历数春。
常听雷巨响，不语路艰辛。
正午风餐伴，平明露宿频。
真情言故土，泪雨悼亲邻。

二

我是马兰人，军营几十春。
天惊风雪啸，地动雨云频。
隐姓酬家国，埋名战日辰。
寒窗悲瘦影，泪湿万千巾。

电视连续剧《大考》观后

二〇二二年十一月九日

十载寒窗苦，新冠乱众生。
少年经砥砺，父母伴亲征。
袅袅炊烟起，凄凄吼叫萦。
艰辛皆不惧，斩棘为殊荣。

电视连续剧《芝麻胡同》观后

二〇二二年十一月十日

京味悲欢剧，观听涕泗余。
真情家国诉，妙趣语言书。
社会多微景，黎民少唏嘘。
北平严氏事，酱菜沁芳居。

电视连续剧《底线》观后

二〇二二年十一月十一日

追风司法剧，热血铸青春。
公序伦常重，标杆使命新。
传帮无误导，调解有艰辛。
人性良知在，家长里短真。

贺神舟十四、十五航天员乘组胜利会师天宫

二〇二二年十一月三十日

神舟啸九天，万众夜无眠。
穹宇流星疾，蟾宫玉兔翩。
三英赴盛会，六俊挥长拳。
追梦千年久，今朝共月圆。

电视连续剧《信访局长》观后

二〇二二年十二月二日

冷暖寻常态，黎民上访多。
酸甜需苦干，哭笑莫高歌。
故事心弦扣，真情肺腑蹉。
担当偕信念，陶姐与钟哥。

电视连续剧《激情燃烧的岁月 1》观后

二〇二二年十二月六日

军营家国事，理解最光荣。
昨日呼风劲，今朝唤雨惊。
一波三折起，四面楚歌鸣。
倔强偕英勇，情深是老兵。

壬寅大雪抒怀

二〇二二年十二月七日

大雪仍无雪，长空静寂声。
城南枯柳舞，街北老松鸣。
小径人稀灭，花园雀不惊。
兴衰多少事，荣辱仲冬情。

古 榆

二〇二二年十二月八日

老树年逾百，苍榆不泪殇。
华姿千客忆，娇态万人详。
西域经风雨，军营沐雪霜。
秋来黄叶逝，春至绿枝狂。
心系惊天事，情怀动地乡。
埋名无悔色，隐姓铸辉煌。

电视连续剧《激情燃烧的岁月 2》观后

二〇二二年十二月九日

军营热血沸，要塞青春扬。
男女虚浮少，官兵质朴常。
纯真生爱慕，芥蒂拒荣光。
战地情深久，高歌筑海防。

电视连续剧《激情燃烧的岁月 3》观后

二〇二二年十二月十日

英雄耿震山，率部出阳关。

青藏风霜苦，兰新雨雪艰。
悲欢谋建设，离合竞登攀。
铁路系家国，情真翁媪潸。

诗咏下岩贝

二〇二二年十二月十九日

青青石径斜，隐隐有人家。
圹野芳菲秀，崇山旖旎遮。
峰峰皆险峻，谷谷亦幽华。
绝顶凌空叹，悬崖峭壁嗟。
清江生彩练，碧水映彤霞。
溪上层峦耸，村前茂树夸。
远观烟袅绕，近见瀑喧哗。
风静泉舒缓，云行雨闹麻。
秋深香有异，冬暮雪无瑕。
绿叶春朝美，黄花夏日嘉。
怡神三万景，移步九千遐。
最忆下岩贝，常思龙井茶。

冬至感怀[①]

二〇二二年十二月二十日

循环恒有序，冬至复今来。
绿叶窗前舞，红花月下开。
阳生何冷暖，夜寂岂悲哀。
莫道相思苦，春风待柳裁。

---

① 刊于 2022 年 12 月 21 日《巴音郭楞日报》。同日刊《绿原报》，尾联为“久坐灯无语，长歌泪两腮”。

腊 八

二〇二二年十二月二十九日

又见琼花舞，寒烟袅袅吹。
不知时与季，惟晓叶和枝。
红日匆匆坠，白云冉冉移。
粥香飘岁暮，佳节岂无诗。

今冬首场大雪

二〇二三年一月十二日

白絮轩窗外，飞盐映暗云。
三更听雪落，拂晓怨枝纷。
衾冷凉躯辗，梅香俏影芬。
喧嚣盈老树，旖旎有红裙。

元 日

二〇二三年二月十日

数载荒原寂，今逢卯兔春。
歌红传古地，衣绿念佳人。
爆竹声声震，桃符户户新。
乡愁清酒烈，泪眼语双亲。

参观某河心泵房有感

二〇二三年三月一日

黄河古道隆，湍急有西东。
泵侧银沙啸，房中绿水丰。
浪高容乃大，泥重量非同。
日曝霜寒晚，兰州众说雄。

送 别[①]

二〇二三年四月八日

梨白清明舞，桃红正艳时。
蝶蜂花间戏，杨柳舍前悲。
把盏千杯少，言君万里知。
山高且水复，何日是归期。

德兰高地

二〇二三年八月十日

经幡摇动处，飞鸟戏祥云。
疑是凌霄殿，能无仙子裙。
马欢高地啸，菇白草原欣。
愿得佳人伴，年年永不分。

江苏吴江退思园参观有感

二〇二三年九月九日

一

小桥流水去，烟雨画廊来。
庭院香常溢，轩窗笑总陪。
赌书何故少，泼墨不曾催。
踏雪寻梅舞，吟诗煮酒偎。

二

凭栏听雨露，摇扇嗅松梅。
诗韵山间漾，烟岚水上徊。
寻常皆览胜，无意可抢魁。

① 刊于2023年4月12日《绿原报》。

补过兰生愿，袁龙举世才[①]。

步韵夏云南《读凡号〈为心筑巢〉有怀》

二〇二三年十一月二十日

策马赴边陲，军营舞彩旗。
窗前书读晚，灯下笔耕痴。
少者无聊语，南翁盛事提。
奈何多赞誉，戈壁尽传奇。

附：

读凡号《为心筑巢》有怀

夏云南

子弟役边陲，男儿一杆旗。
为心巢筑梦，阅世笔耕痴。
感悟相思句，尤勤往事提。
才华横溢者，唯我孟传奇。

① 退思园由袁龙设计、任兰生出资建造。

七律篇

中 秋

二〇一四年九月七日

又见中秋悬玉镜，天山湖畔望东乡。
新朋戈壁无悲恸，旧友荒原有笑扬。
对酒当歌邀太白，吟诗赋韵问知章。
今生不与吴刚好，座下商游泪洗装。

丙申中秋

二〇一六年九月十四日

又到中秋聚会时，吴刚不见遇琼枝。
家家户户乡亲晓，岁岁年年皓月思。
西域荒滩清梦现，东村草地泪人痴。
戍边关外风霜苦，醉问嫦娥可否知？

新年贺词鼓人心①

二〇一七年一月二十六日

金猴送瑞辞新岁，报晓雄鸡尚早寒。
踏浪高歌同说梦，鸣弦起舞共雕鞍。
千家如意团圆好，万户舒欣砥砺欢。
不忘初心铭使命，神州士子涌波澜。

再贺新年②

二〇一七年一月二十七日

凡人敬客茶盈盏，号令三皇共坦途。

---

① 指习近平主席在新年贺词讲到的“撸起袖子加油干”。

② 藏头诗。

恭庆吉祥诸事顺，祝延康泰众生愉。
春融庭院和凝聚，节至厅堂喜相扶。
欢送金猴歌舞去，乐迎巽羽有屠苏。

观李姐瘦西湖照片

二〇一七年四月二十六日

一

叶绿花红人更俏，西施羁旅绕青莲。
微风美景藏心里，细雨霓裳在岸边。
蝶舞丛中将曲尽，莺歌柳上却春妍。
荒原回首长安地，泪眼婆娑涕欲然。

二

波光潋滟四时天，柳绿花红赛杜鹃。
最是一年春美景，谁知十日夏婵娟。
本原大宋城郭道，何岂初唐雨雾烟。
家喻园林湖水瘦，江南月照舞蹁跹。

雨中漫步

二〇一七年五月一日

春暮云开日日晴，夏初湖畔雨中惊。
路边不见桑麻绿，枝上难闻雀鸟声。
滚滚车轮戈壁疾，汤汤游客博湖行。
渔翁借问酤何在，深巷鱼香友好评。

依韵段宏伟《读继超〈周总理与中国第一颗原子弹〉有感》

二〇一七年十月十五日

花开戈壁正当年，荏苒时光半世前。
尽瘁鞠躬谋策略，运筹帷幄绣山川。
撼天动地荒原事，怒发冲冠大漠篇。
十月金秋灯下坐，春雷编校泪涟涟。

附：

读继超《周总理与中国第一颗原子弹》有感（新韵）

段宏伟

蘑云远去忆楼兰，难忘西华旧日颜。
决策千军征大漠，调兵八面聚英贤。
零时试爆春雷动，数载呕心核梦圆。
每每金秋花溅泪，星辰闪耀映天山。

深 秋

二〇一七年十月二十二日

叶绿花香色恣呈，游人熙攘伴君行。
红山脚下寻常事，戈壁城中慷慨兵。
明月初升新句唱，朝霞徐落老翁评。
南园舟泛频传笑，玉笛谁家四五声。

赠泽勇

二〇一七年十月三十一日

十九之年志不残，从戎廿载大荒滩。
天山脚下教军事，瀚海湖边望石峦。
寰宇时时歌院士，炎黄处处唱楼兰。

此情可待成追忆，铸盾沙场再锦官。

观马兰诗友群集萃有感

二〇一七年十二月二日

马兰诗友人潮涌，室内清晨侧卧中。
戈壁欢歌天震响，荒原笑语地轰隆。
声声乐曲如王御，字字珠玑赛杜公。
刘老善耕勤撰诵，桌前端坐一书童。

和王康练《赞西成高铁正式开通》

二〇一七年十二月六日

蜀道难于上碧天，今朝高铁进西川。
始皇瑟瑟谈荆士，丞相凄凄话魏延。
芳草南风奇秀地，孤烟北塞半山巅。
七言《早发》吟何止，千里江陵现眼前。

附：

赞西成高铁正式开通

王康练

谁言蜀道难，久已上青天。
今又通高铁，诗仙把酒欢。

依韵段宏伟《公祭日思》

二〇一七年十二月十三日

国旗半降石头城，天地同悲鼓乐鸣。
岁月匆匆双卌载，众生历历万千丁。

寻常妇孺村边死，多少鳏孤棍下生。
先烈豪情当继武，中华自立享和平。

附：

公祭日思（新韵）

段宏伟

天萧地瑟海江凝，半降国旗哀乐声。
卅万同胞含恨死，八十公祭咬牙生。
倭敌器利无人性，蒋府力衰多奸雄。
欲使和平歌永远，强军能战赤旗旌。

赠继超老师

二〇一七年十二月十八日

盼君早聚大荒滩，西域营盘把酒欢。
可与吴刚尝绿蚁，同邀仙子舞金銮。
惊天动地皆奇特，隐姓埋名少绔纨。
“两弹一星”千载颂，春雷炸响震山峦。

元旦抒怀①

二〇一八年一月一日

美景良辰岁仲冬，笑音贯耳绕苍松。
左邻右舍丰年醉，好友亲朋礼谊浓。
昨夜中原时有现，明朝西域岂无逢。
杜康一盏全球庆，辞旧情深乐在胸。

① 刊于2018年12月31日《绿原报》。

启蛰

二〇一八年三月五日

寒冬动物泥中躺，乍暖时分启种忙。
偶有震雷平地起，常听清雨卧窗扬。
中原三月芳菲尽，大漠初春馥郁藏。
欲把东风千户送，植兰栽桂柳丝长。

戊戌冬至

二〇一八年十二月二十二日

马兰城里冽风淘，冬至阳生柳带号。
抱枕窗前三日坐，乡音耳畔四周唠。
一杯新酒无人饮，两句唐诗有曲嘈。
东望商台多涕下，问君何事泪滔滔。

祭灶

二〇一九年一月二十八日

祭灶方知过小年，街头巷尾笑声连。
玉皇若问人间事，金鼓如歌峻岭巅。
大漠官兵迷哨所，荒原赤子戍山川。
孤身雨雪穿乌市，编印专刊①撼九天。

清明出行

二〇一九年四月五日

潋滟青江绕殿堂，清明翠柳换新装。
春城细雨寻青草，云大和风绿黛妆。

① 《春雷》2019 年第 1 期为深切缅怀程开甲院士专刊。

冢下悲歌无酒水，篱边疏影断肝肠。
朱公[1]故舍亭台旧，讲武波涛映日光。

访林俊德故居暨参观介福乡所建纪念馆有感[2]

二〇一九年五月十八日于飞机上

紫美村中见至亲，嘘寒问暖泪频频。
音容笑貌皆如昨，断壁残垣尽是尘。
大漠开花千里艳，荒原砺剑万年春。
拳拳报国争分秒，一世铿锵最苦辛。

为马兰诗友群张股长赞

二〇一九年六月十日

一

扎根大漠金牌股，部属齐夸世武殊。
麾下精兵无数计，各条战线展宏图。
将军大校多才俊，湖北山东尽丈夫。
难忘红山深僻地，常思西域黑衣乌。

二

扎根大漠金牌股，不忘初心与众殊。
心底无私驱干将，案头有计为高徒。
豪情家国皆名士，使命担当尽宿儒。
谁想天山深洞内，时光定格在氍毹。

---

① 即朱德元帅。

② 刊《赤峰诗词》2020年第3期（总第91期）。

贺张家口籍战友入伍马兰五十年

二〇一九年十二月八日

五十年前大漠行，友朋夜半泪飞盈。
激情岁月荒原度，火热青春瀚海呈。
红柳昂扬千里目，惊雷炸响万人声。
古稀追梦深情诉，不忘功成是弟兄。

附：

和凡号《贺张家口籍战友入伍马兰五十年》

李启亮

冀北老兵聚一堂，重温西域马兰乡。
激情岁月披霜露，赤热军营炼脊梁。
几载青春红柳伴，数年友谊绿洲翔。
时光五秩如流水，相会张垣再举觞。

和凡号战友《贺张家口籍战友入伍马兰五十年》原玉

刘言文

五十年前核试行，马兰战友泪多盈。
峥嵘岁月青春献，热血芳华汗水呈。
常忆烟尘风雪路，惯闻火浪雨霜声。
今逢宝地张家口，把酒功臣众弟兄。

依韵凡号《贺张家口籍战友入伍马兰五十周年》

张世武

五十年前何忘却，阳关西去进军营。
青春火热为家国，碧血寻常亦俊英。
核弹时时皆逐梦，蘑云朵朵屡无声。
夕阳无限苍颜老，豪饮杯中好弟兄。

减字木兰花·贺张家口籍战友入伍马兰五十年

刘玉石

年华向晚，遥望马兰心眷恋。战友重逢，热泪如珠饮几盅。

畅谈过去，创业艰难何所惧。“两弹”丰碑，罗布荒原万古垂。

纪念澳门回归二十周年

二〇一九年十二月二十日

百年濠镜沧桑史，如画莲花映绿溪。

正义声音鸣半岛，和平道路奋初蹄。

包容共济谋机遇，开拓更新去垢泥。

一国为基磐石在，成功两制固江堤。

和刘言文《己亥冬至抒怀》原玉

二〇一九年十二月二十二日

七日南行艳九天，西疆雪舞盼新年。

鹿城有雨清波荡，乌市无春战士贤。

万里航程言使命，数声壮语赋诗篇。

相思儿女逢冬至，高铁奔驰盼梦圆。

附：

己亥冬至抒怀

刘言文

冬至泉城数九天，阳光历下暖迎年。

龙潭北岸行名士，虎穴南门走俊贤。

新韵欢歌情荡漾，古风笑语咏诗篇。

马兰征战曾豪气，解甲为民再梦圆。

咏东大山哨所

二〇二〇年四月二十六日

此山东去壮心生，汽笛声声大漠惊。
万里黑沙吟古曲，千村寓客赴连营。
家书数语相思苦，军令三言伟誉争。
边塞春雷平地起，青丝白雪说精兵。

四月二十一日再访团结村

二〇二〇年四月二十六日

漠上春风舞八方，村边旷野正荒凉。
常思淡饭山珍美，不忘粗茶土味香。
“五让”精神传四海，十分秘密记千肠。
人来车往皆酣笑，万众同心菜馔扬。

向阳村

二〇二〇年四月二十八日

寒雨沉沙石径消，餐风无憩斗空寥。
同行慢忆山丘壑，独醒难闻杈树鹗。
昨日柏车沙路迴，今朝静室粉尘嚣。
向阳蚕月舒春意，莫遣疆场李广邀。

暮春东风村纪事

二〇二〇年四月二十九日

坡上山房接大荒，摩天旷野正苍茫。
黄沙暴动风罗舞，疾雨斜侵土漫狂。
防护洗消千丈远，察侦保障万寻长。
惯看明月常遗泪，何处无知是故乡。

再临大气层核试验指挥部遗址瞻仰张爱萍办公室有感

二〇二〇年四月三十日

山下又言张老将，近看遗址泪成行。
恶风正午催沙起，细雨凌晨伴石扬。
夏末荒原多坐阵，秋初大漠少鸣枪。
清平一曲春雷颂，斜倚东风是子房。

步韵楼兰剑客《忆旧游赠凡号》

二〇二〇年五月十二日

荒原寻古望敦煌，西域黄沙费估量。
跃进庄旁宗匠在，阳平岗下楷模藏。
当年万里封侯去，今日千言寄语长。
饥渴汉唐歌舞地，论功最是马兰香。

附：

忆旧游赠凡号

楼兰剑客

荒原踏遍觅辉煌，昨日风光放眼量。
孔雀开屏陈迹在，黄羊跃处老营藏。
爆心空对云来去，断壁依稀影短长。
梦绕纵横三万里，留得千古马兰香。

张郭庄抒怀

二〇二〇年五月十八日

甘草泉清多绿水，村庄张郭最英豪。
千夫小憩沙风地，万马腾飞鳄浪涛。
将士挥锹旗仗猎，军民奏曲志操高。

更催铁骑平明至，卧看牵牛舞大刀。

再访阿斯干

二〇二〇年五月二十日

一汪绿水碧苍穹，熙笑喧纷别北风。
万里黄沙皆逝去，九霄雪彩尽春融。
盐滩烽火连三月，池畔清茶赞“五同”。
边塞不闻杨柳曲，牌前吟望泪朦胧。

清晨读书遥忆辛格尔[①]

二〇二〇年五月二十一日

罗布清泉傲四方，香瓜赛蜜震辽荒。
一株沙枣怜春色，数朵窗花笑夏杨。
醉月餐风千里地，埋名隐姓万家郎。
古来征战无羌笛，驻马桃源驭雪霜。

步韵刘言文《戈壁红柳》[②]

二〇二〇年六月四日

塞外营盘同秀色，笆篱舞蝶众人夸。
阳春碧绿观音柳，盛夏嫣红菩萨花。
魂撼荒滩愁日月，心悲瀚海固风沙。
欢歌共唱惊雷地，笑卧疆场是寄家。

---

① 刊《诗词月刊》2020 年第 11 期（总第 178 期）。

② 刊《诗词月刊》2022 年第 3 期（总第 193 期）、2023 年 5 月 31 日《绿原报》。

附：

戈壁红柳

刘言文

戈壁传奇红柳傲，荒滩故事马兰夸。
根粗叶茂情豪爽，骨硬枝柔艳绽花。
身伴胡杨驼草笑，心牵瀚海绿洲沙。
魂陪勇士成功业，梦逐长城固国家。

场区汽车团

二〇二〇年六月五日

沟前壑内无营帐，昼夜常闻有敝舆。
吊影坑深缘缓慢，只身路远为迟徐。
野蔬充膳南来客，纡道行车北往渠。
核盾之舟风雨舞，东西转战美名书。

木兰村

二〇二〇年六月七日

黉门一别戍荒滩，唯见斜阳倩影单。
五顶帐篷围寓舍，卅人小院溢欣欢。
婵娟奋战须眉颂，总理嘉评将帅安。
沐雨栉风酬壮志，披星戴月战楼兰。

咏模范气象站阳平里

二〇二〇年六月十二日

一段标桩费考量，清秋冷月沐晨霜。
三天鏖斗黄沙路，四载长歌古战场。

气象测评愁密雨，风云激荡笑朝阳。
魂销首爆寒烟处，荣誉张悬地窖房。

军校毕业回到马兰暨北京申奥成功十九周年记

二〇二〇年七月十三日

离别三年再返家，朦胧泪眼众人夸。
数盘酒馔迎宾客，万缕烟霏绕彩霞。
黄发斜阳谈奥运，垂髫盛世唱中华。
同闻序曲皆欢乐，共赏庭前遍地沙。

纪念我国暂停核试前最后一次核试验

二〇二〇年七月二十九日

1996年7月29日9时50分，我国成功进行了一次核试验。当天，我国政府向世界庄严宣告，自1996年7月30日起暂停核试验。

二十四年弹指逝，青丝白发泪长潸。
隆隆爆竹惊天地，阵阵春雷震宇寰。
壮语凌风腾巨浪，豪言化雨荡连山。
沙场醉卧谁堪有，征士常吟日月间。

写在八一[①]

二〇二〇年七月三十日

每逢八月辉煌日，最忆南昌炮火隆。
万里抗倭多热血，千军杀敌尽奇功。
狂澜几挽穹空啸，号角常鸣社稷丰。
钢铁长城今铸就，彩旗飘舞意犹红。

① 刊于2023年8月1日《巴音郭楞日报》。

日本宣布无条件投降暨反法西斯战争胜利七十五周年记

二〇二〇年八月十五日

七十余年一瞬间，谁言世事不维艰。
狂风乱啸卢桥炸，骤雨斜侵鹤发潸。
自古英豪多壮志，至今魍魉少欢颜。
密苏里号何安在，犹忆诏书昨日颁。

秋日再至福建永春

二〇二〇年九月二十五日

八山一水一分田，毓秀桃源草木妍。
老醋酸甜名四海，篾香绚美赞三仙。
乡愁诗句家家晓，院士精神代代传。
人杰地灵多硕俊，淙淙溪水岱岩边。

怀念余光中

二〇二〇年九月二十八日

俪曲乡愁举世云，谁人不想赞余君。
《高楼对海》铿锵起，《隔水观音》细腻殷。
古厝一湾听冷雨，桃溪两岸撰奇文。
空间四度诗坛伟，田土芬芳老叟欣。

重阳日即事

二〇二〇年十月二十五日

二十余年塞外勤，每逢重九泪纷纷。
楼兰黑夜狂风吼，盐泽青天骤雨闻。
莫道金秋犹故土，谁知盛夏比阴云。
登高东望茱萸少，独对斜阳念众君。

庚子冬日携小儿至博斯腾湖

二〇二一年一月三十一日

老夫聊发少年狂，热胆冰湖斗冷霜。
嬉戏足球开阔地，驰趋铁骑狭斜场。
冯唐何日东风遣，李广曾经北国忙。
醉里挑灯常觅剑，最思笳鼓响山冈。

悼何仕武

二〇二一年二月九日

为确保我国第一颗原子弹爆炸成功，1964年4月，警卫四连7名官兵组成巡逻小分队，在副连长何仕武带领下，历时183天，平均负重37公斤，徒步4200多千米，圆满完成了核试验场区重点区域的巡逻任务。

为奖励巡逻小分队的英勇壮举，我国首次核试验总指挥、副总参谋长张爱萍上将专门乘车到驻地看望他们，亲自为他们掌勺做饭并赋诗一首，指挥部还批准他们在“零日”前夜为原子弹站了一夜岗。

2008年10月，基地组建50周年活动结束当晚，我在基地第一招待所采访了何老，他赠我八千里巡逻照片，并和我合影留念。

往事历历在目，如同昨日。今惊闻何老于2021年2月7日15时29分仙逝，赋诗以慰英灵，以缅英雄。

一

七人故事史留名，二百时光苦累凝。
核地巡逻徒步走，荒原打猎负囊征。
楼兰古国身经险，孔雀咸河弹有声。
夜半塔前辉皓月，春雷出世宇寰惊。

二

八千里路云和月，罗布巡查举国安。
正午餐风如火烤，凌晨露野似冰寒。

逸闻偶得英雄诉，佳话常听妇孺叹。
最忆春雷戈壁响，韶华尽绽大荒滩。

悼袁隆平

二〇二一年五月二十二日

神农当代有耆庞，温饱苍生重任扛。
挥汗田间兴国事，乘凉禾下[①]泽家邦。
殷民盛赞功勋著，噩耗惊闻泪水双。
雨泣山川咆四海，风悲天地舞三江。

悼吴孟超

二〇二一年五月二十四日

读书报国望延安，济世悬壶志若磐。
妙手良方千户颂，宝刀奇术万魔寒。
披肝沥胆精医道，育李培桃耀杏坛。
扁鹊虽生犹易色，鬼神同泣恸山峦。

夏日随想

二〇二一年七月十六日

酷暑炎炎如火燎，商都故地赛蒸房。
俊男赤背寻新绿，美妇朱颜避艳阳。
荫下无茶无美酒，庭前有柳有枯杨。
常思大漠凉风至，夜半难眠日月长。

① 袁老曾说他有两个梦，一是禾下乘凉梦，一是杂交水稻覆盖全球梦。

九月十一日、十二日再进核场

二〇二一年九月十六日

拂晓偕行踏白霜，路边枯草向前方。
黄羊踱步山丘下，孔雀开屏壑谷旁。
大漠惊雷今亦在，荒原战鼓昨犹忙。
残阳西坠秋风疾，颓壁残垣独断肠。

仲 秋[①]

二〇二一年九月二十日

塞外凉风弄晚霞，金黄枯叶落谁家。
鲜红透亮秋棠果，暗紫清香墨菊花。
览胜登山新月照，观光戏水古榆斜。
忽闻琴瑟瑶池上，又见嫦娥舞羽纱。

壬寅新春抒怀

二〇二二年二月二日

爆竹声声笑语悠，烟花朵朵煦风游。
南疆起舞千村雪，北国欢歌万户裘。
杨柳寻春梅怒放，山河降瑞石惭羞。
扬帆破浪神州贺，姹紫嫣红举世酬。

祥熙《多彩的节日》正月十一日刊发某报贺

二〇二二年二月十一日

壬寅乙未[②]仍佳节，彩带长虹映碧天。

---

① 刊《诗词月刊》2021年第12期（总第190期）。

② 正月十一日为壬寅乙未日。

骤晓顽童传捷报，方知浅语乐荒阡。
春联祈愿迎新岁，雪板腾霄贺盛年。
冬奥同欢昭日月，墩墩共舞遍山川。

西安归来居家第四天[①]

二〇二二年三月九日

赏花何必赴江南，月下邀迎见雾岚。
绿叶晕黄千百片，红花酽紫两三篮。
常思故国欢心事，莫忘皇城棘手男。
寂寂寒梅无落处，熊熊烈火做空谈。

东航MU5735空难感怀

二〇二二年三月二十二日

2022年3月21日（农历二月十九）14时19分，昆明至广州的东航MU5735发生空难，乘客123人、机组9人，共132人至今杳无音信。

惊闻噩耗泣亭台，楼上愁吟室独徊。
藤县残山魂梦断，梧州旷野柳杨哀。
昊天有泪青云坠，迟日无光白烛徕。
祝愿苍生消祸事，泱泱大国永无灾。

清　明

二〇二二年四月五日

与同事至马兰烈士陵园，祭奠为我国核试验作出贡献的先辈们。

墓碑座座耸平台，涕泗双双寄沈哀。
寒柏株株青草伴，鲜花朵朵白玫开。

① 刊《文学月报》2022年第11期（总第179期）。

疏烟袅袅思英杰，鞭炮凄凄悼俊才。
碧血腔腔驱魍魉，清风缕缕舞尘埃。

戈壁滩上看到大片营区旧址

二〇二二年四月二十日

百余方格似棋盘，白石零星黑碛滩。
地窖有痕坑亦在，帐篷无影埂多残。
春雷绝唱艰辛铸，金盾高歌奉献欢。
盛世荒原君忆否，马兰村里笑山峦。

田园耕作

二〇二二年五月十六日

一盏新茶燕语中，躬耕半晌小窗东。
黄瓜吊蔓交藤绿，番柿悬枝映萼红。
花上浪蜂飞蝶绕，田间青草翠禾蓬。
遥思故土斜阳晚，痴说凉亭万里风。

贺神舟十四号载人飞船发射成功

二〇二二年六月五日

神舟十四入空天，举世欢呼逐梦圆。
玉帝苍穹擎美酒，嫦娥广袖舞飞烟。
穿云破雾凡尘外，揽月摘星金殿前。
受命巡游多半载，三英功耀九州传。

田园别离

二〇二二年七月十一日

番柿何知世事艰，青禾怎晓客心悭。
红花起舞凉亭外，绿叶欢歌老树间。
秧拔东园班女沮，鸟哀西屋沈郎潸。
煌煌宅第皆无主，戚戚衣冠总有斑。

戈壁秋日

二〇二二年九月一日

成双浪蝶田头戏，孤独游蜂萼上鸣。
番柿红椒常竞赛，圆葡紫薯共纷呈。
赤橙次第鬻农乐，黄绿缠绵美酒擎。
瓜果芬芳香四野，媪翁欢笑荡荒城。

景观区开工有感

二〇二二年十月十四日

日月同辉映碧空，深秋山甸彩旗红。
抚今追昔云烟淡，夺秒争分昼夜匆。
鞭炮声声犹震耳，车轮滚滚亦盈瞳。
奔波七载蓝图启，再现传奇酹诸雄。

附：

依韵凡号《景观区开工有感》

彭继超

又望天山万里空，几番梦里看长虹。
蘑云影去烟痕淡，心血潮来笔墨中。
岁月悠悠情未了，星河耿耿意难穷。
移天缩地精神聚，笑傲风流论俊雄。

“暖是家中那盏灯”嵌句吟

二〇二二年十一月三日

一别故乡三十载，天涯羁旅北方征。
卧薪尝胆邀寒玉，戴月披星逐薄冰。
黄叶飘零千蝶舞，青松静寂万人凝。
深秋夜半平安路，暖是家中那盏灯。

咏狄公仁杰①

二〇二二年十一月六日

往事悠悠常感叹，谁人不晓狄公能。
犯颜秉性缚凶恶，举士亲仇历炭冰。
心系生民冤案破，身擎社稷德辉增。
承祧唐祚遗千古，飞浪淘沙起大鹏。

电视连续剧《无贼》观后

二〇二二年十一月二十日

人生百态事寻常，反复年年痛断肠。
皆晓亲情多被困，谁知怒笑少同狂。
悛心有贼时时混，闹市无危日日徉。
片警小偷成父子，剧情跌宕美名彰。

赠金琳

二〇二二年十一月二十三日

山东威海好儿男，倜傥雄倬甲午谙。
立志从军强社稷，息心披铠战泥潭。

① 刊《诗词月刊》2023 年第 2 期（总第 204 期）。

津门四载风霜苦，西域十年雷电堪。
隐姓埋名青史记，策无遗算赞金参。

冬日随感[1]

二〇二二年十一月二十八日

小城寂寂月疏慵，落叶飘飘又卧冬。
墙角红梅千百朵，窗前绿萼两三峰。
凌霜傲雪羞黄菊，沐雨栉风迷黑松。
一缕清香诗酒伴，故乡遥望梦重重。

初　雪[2]

二〇二二年十二月十三日

寒风瑟瑟傲红梅，黄叶纷飞朔气徊。
霜雨蒙蒙无物喜，梨花洒洒有人陪。
茫茫田野生祥瑞，袅袅乡村戴玉盔。
素裹银装千里秀，夕阳西下万山瑰。

悼时代楷模、共和国勋章获得者张富清

二〇二二年十二月二十一日

枪林弹雨建奇功，陷阵冲锋在永丰。
车马村前歼敌寇，壶梯山下灭顽虫。
深藏伟绩声名弃，造福黎民炮石隆。
战斗英雄乘鹤去，慈良纯粹一仙翁。

① 刊于 2022 年 11 月 30 日《绿原报》。

② 刊于 2023 年 1 月 12 日《巴音郭楞日报》。

元 旦[①]

二〇二三年一月一日

夤夜灯昏长路白，严冬叶落朔风浑。
玻璃窗上冰成画，赭石山头雪有痕。
岁杪五湖歌伴舞，年初四海鼓喧村。
梅开万朵痴斜景，一缕馨香沁满门。

电视连续剧《县委大院》观后

二〇二三年一月十三日

林林总总难题至，件件桩桩无辍耕。
破釜沉舟推改革，真情实意促民生。
干群优化传承伟，教育安康发展荣。
施政平衡人为本，脱贫致富数光明。

为《戈壁春雷·马兰诗友群》网上春晚成功举办贺

二〇二三年一月十九日

精彩纷呈卯兔迎，星移斗转马兰兵。
惊天动地荒原鼓，隐姓埋名大漠荣。
往事悠悠皆浩叹，此生荡荡尽躬耕。
伟人山下风云吼，孔雀河旁卫国情。

元 日

二〇二三年一月二十二日

虎驾祥云辞旧岁，兔携紫气贺新春。
红梅含笑香浓郁，玉絮飞歌白至纯。

---

① 刊于 2023 年 1 月 4 日《巴音郭楞日报》。

爆竹四更寰宇震，媪翁夜半九州辛。
归家相约春风里，把盏围炉笑语频。

元 夕[①]

二〇二三年二月四日

明月冰灯满小城，银花火树庆峥嵘。
两三骚客欢歌舞，数十游人挽袖行。
年过常思新岁意，天寒难锁早春情。
无眠最爱元宵夜，拂晓犹闻笑语声。

咏西安城墙

二〇二三年三月十九日

十八城门旗猎猎，十三朝迭月惶惶。
墉垣伟岸多兵士，垛口坚牢少雪霜。
今日楼前烽火息，他年墙下逸尘扬。
青砖寂寂言千古，往事悠悠话汉唐。

秋游博斯腾湖

二〇二三年八月二十九日

金风送爽小飞鸢，潋滟斜阳把手牵。
几处浮鸥鸣碧水，谁家豆蔻笑胡天。
彩旗猎猎东西舞，白浪滔滔南北翩。
最爱夕烟翁媪醉，黄沙万里独吾怜。

① 刊于2023年2月6日《绿原报》。

再题《马兰花开》洛阳行合影照

二〇二三年十一月十七日

神都相聚笑颜开，伊洛河边舞筑台。
水席推杯三万盏，桃源唱曲五千才。
吟诗作赋平明伴，问月凭栏夜半陪。
战友瞬间成记忆，谁知戈壁绽春雷。

为贾全功刘玉梅金婚贺

二〇二三年十一月二十六日

结缡旬日赴荒滩，诸事千般妻解难。
铸盾楼兰经困苦，躬身故地历辛酸。
牵心老少同劳作，执手乡村共畅欢。
风雨半生濡沫敬，金婚伉俪赛双鸾。

词赋篇

满江红·马兰抒怀[1]

二〇〇五年十一月二十六日

独望山峦，思绪飘，兵老杨白。马兰城，核盾重地，金黄秋叶。军绿染成岁月白，军徽耀闪映日月。闻号起，日出至月落，真豪杰。

马兰花，戈壁雪。甘草泉，东风烈。惊五八鸿志，应邀如约。铁骑滚滚碾天山，雄兵声声撼山岳。鼓声起，暮晚夕阳缺，红如血。

西江月·丁酉冬至

二〇一七年十二月二十二日

室内香茶独品，窗前汉赋闲看。暖阳乍现白云端，院外无声夜半。

菜板碎刀曲奏，云霄冷月心安。阳生冬至尽情眠，却梦放翁彼岸。

蝶恋花·滑雪

二〇一八年一月二十七日

雪白天蓝人最少，嘹亮军歌，总在群山绕。山下凸平随尔藐，清风堪比阳春晓。

呼啸声中多吵扰，却似争流，百舸穿梭秒。滑道疾驰丫女倒，众男急顿皆嬉笑。

① 刊《春雷》第 10 期（2005 年）。是年，尚不懂诗词平仄格律，胡乱填之，今原文录。

清平乐·踏冰

二〇一八年一月二十八日

冷风直灌，傍晚湖南岸。疾驶不能原地转，呼啸声中兴叹。

裂隙指向西方，天寒暮色苍茫。昨日捉鱼尚可，今朝凄冷惊慌。

西江月·立春

二〇一八年二月四日

今日立春料峭，此时冻水成雕。日中鱼陟负冰摇，窗外东风拂晓。

羌笛不哀杨柳，乡村频见丝绦。一张卷饼慰清廖，酒入愁肠醉倒。

醉花阴·小年

二〇一八年二月八日

正午冷风摇红袖，过客皆奔走。时令打黄牛，乍暖还寒，夜半凉依旧。

舞鸡岁首三朝后，酬酢寻常友。叹寂寞无声，闲坐窗前，罕见茅台酒。

忆江南·庚午日

二〇一八年二月九日

2018年2月7日（农历丁酉年甲寅月庚午日），微信收图，悉短文《男儿难得正午时》刊《神剑》第一期。窃喜。

庚午日，喜鹊闹枝端。《神剑》一期刊《正午》，今朝年首舞皆欢。戈壁笑山峦。

减字木兰花·元日

二〇一八年二月十五日

巧编灯盏，最爱屠苏梅愧赧。火树银花，好友亲朋俱赞夸。

爆声长啸，大漠枝头春意闹。兴尽壶倾，玉漏今朝任犬鸣。

菩萨蛮·贺小儿滑雪耐力赛夺冠

二〇一八年二月十七日

旺年今岁庚辰日，幼童比赛高潮叱。玉哨响声声，吾儿人未行。

呼声如海浪，总角途中唱。问鼎可风流？祥熙特技优。

生查子·元夜

二〇一八年三月二日

每年元夜时，戈壁灯如昼。月上赭山头，人戏黄昏后。

今年元夜时，景与灯依旧。不见好弟兄，泪湿军装袖。

齐天乐·生日感怀

二〇一八年十二月二十四日

朔风狂舞沙尘烈，声声啸呼天暗。黑白蓝青，黄橙赤绿，七彩丝巾掩面。吾身懈懒。忆刺骨平明，悬梁霜晚。睡意蒙眬，艳阳高照未睁眼。

凄寒冬月唯此，叹生辰乍至，霜染难辨。七载研攻，三年修撰，难忘凌晨流汗。平明梦缓，尚嚼字推敲，咬文甄辨。孰料今朝，脑中诗漫卷。

蝶恋花·忆二〇一八

二〇一八年十二月三十一日

四册春雷传喜讯。神剑登文，铸盾期刊阵。谁戏蘑云谈阔论？篮球故事开屏振。

西域巴仑无犯困。豫府床前，当念娘恩润。传记英模词赋诊，兰馨佳苑皆言顺。

忆江南·元旦

二〇一九年一月一日

迎新岁，举国竞开颜。乍响春雷戈壁事，炎黄欢庆笑连连。能不忆当年？

卜算子·贺程开甲荣获二〇一八感动中国年度人物①

二〇一九年二月十九日

一

大漠响惊雷，鏖战黄沙地。酷暑严寒孔雀河，托举蘑云起。
一片赤诚心，只为和平计。地下空中苦探求，利剑程公砺。

二

戈壁爆春雷，铸盾荒原去。跃进庄村地窖城，何畏风和雨。
野地战严寒，酷暑心无惧。信念如磐壮志高，使命身心许。

西江月·己亥上元

二〇一九年二月十九日

冷雪遥遥别日，清风阵阵伤颜。宫灯万盏乐游园，燕舞莺歌一片。

① 刊《春雷》2019年第3期（总第53期）。

独坐窗前望月，双栖帐内无眠。花开西域马兰滩，隐姓埋名酣战。

浣溪沙·有个地方叫马兰[①]

二〇一九年三月二日

有个地方叫马兰，阳关西去九重天。春秋铸盾伟人山。

导弹裂空罗布地，春雷炸响大荒滩。龙城戈壁锦兰妍。

鹧鸪天·有种花儿叫马兰[②]

二〇一九年三月三日

有种花儿叫马兰，黄沙漫卷少人烟。青年立志从军去，碧血丹心戈壁滩。

耕酷暑，斗严寒，春雷动地响云端。茫茫大漠何曾惧，如火青春天地间。

念奴娇·“拜谒”少帅张学良

二〇一九年三月二十七日

白山黑水，育骄英关沈，辽河河畔。乱世生逢聪慧颖，渴望和平旗偃。易帜休兵，武装戎政，强盗争权限。山河糜碎，诉言先祖不践。

设想宏愿东流，抗争困顿，夙梦难呈现。山下披肝兵谏后，国共冰融前战。为感恩情，送归中正，人品乾坤显。时光幽禁，泣留千古难撰。

---

① 刊《诗词月刊》2019 年第 12 期（总第 167 期）、《春雷》2019 年第 3 期（总第 53 期）。

② 刊《春雷》2019 年第 3 期（总第 53 期）和《回顾与展望》2019 年第 2 期（总第 130 期）。

忆江南·余姚记

二〇一九年三月三十日

姚江好，千翠四明岚。寺阁山台常剧舞，梅梨茭菜伴茶盐。河姆耀东南。

渔家傲·阳明先生故居访

二〇一九年三月三十一日

讲会龙山旗单树，知行合一名师妒。不朽学流风范铸。天理故，宗师一代皆称古。

教诲爱仁言谎拒，容人心地宗承苦。立志良知诚爱慕。人所悟，温恭忠孝蓬麻处。

临江仙·蒋氏故居游记

二〇一九年四月一日

春晓深山盐铺，清庐周泰扬名。文昌翘角记高亭。汉卿囚禁处，倭寇炮声惊。

武地长街多事，尊亲痒序旗旌。摩诃宫内诵莲经。桃溪依旧在，元亮记中行。

西江月·有感于河姆渡出土文物

二〇一九年四月三日

水稻栽培丰富，干栏建筑当初。木雕水井首冠居，漆器木胎入户。

生态资源神快，依山傍水心舒。羹鱼饭稻盼猪嘘，湖畔载歌载舞。

卜算子·江南长城记

二〇一九年四月四日

临海古长城，东晋元兴建。雄险城皋抗寇倭，览胜堪称赞。

一水碧波流，两缕花香散。欲问行人可晓春，泪雨青山伴。

长相思·马兰户外健步走

二〇一九年四月二十七日

少年娃，襁褓娃，郊外迎春一大家。精神实可嘉。

大人佳，稚童佳，健步春天迎彩霞。马兰皆说夸。

鹧鸪天·忆五四

二〇一九年五月四日

对抗豪权贼未除，革新思想众生呼。“和平会议”寻常事，二十余条①千古书。

将课罢，上工无，炎黄儿女对强胡。睡狮未醒威仍在，炸响春雷笑美苏。

长相思·马兰②

二〇一九年五月七日

一

唱马兰，赞马兰，千朵兰花绽柳边。高歌亦誓言。

意绵绵，情绵绵，铸盾年年戈壁滩。雪霜难入眠。

二

进北山，进南山，来往荒原石砺间。何时度险关。

伟人山，骆驼山，砺剑时时荒漠边。创新千代传。

---

① 即二十一条，指日本帝国主义妄图灭亡中国的秘密条款。

② 刊《春雷》2019年第3期（总第53期）。

长相思·中国闽台缘博物馆

二〇一九年五月十七日于飞机上

拜祖先，祭祖先，风俗言谈话变迁。闽台共血缘。

念绵绵，思绵绵，两岸唇依常手牵。意情非一般。

清平乐·弘一法师

二〇一九年五月十七日于飞机上

宗师一代，艺术全都爱。定慧出家灵隐戒，一世传奇色彩。

悲喜非是宾亲，诵佛岂敢不真。此地古称佛国，弘法本是宗人。

诉衷情·春熙百日记

二〇一九年六月二日

乡村弄瓦乐悠悠，春日照高楼。凭栏远眺戈壁，西域写春秋。

花怒放，笑郊游，鸟啁啾。此生无憾，身享天伦，逐梦神州。

附：

诉衷情·为凡号小女春熙百日咏

张世武

春熙诞日即欢欣，千里自先闻。自吟共乐诗在，皓首贺家珍。

家兴旺，凤为因，享天伦。西望戈壁，依旧心中，百日留存。

诉衷情·凡号小女百日贺

孙晓杰

春熙百日庆生欢，佳影众屏传。争说戈壁花好，一朵小马兰。

甜杏眼，嫩腮团，柳眉尖。嫣然一笑，如现晨光，美似天仙。

诉衷情·和凡号小女春熙百日咏（新韵）

段宏伟

春来鹊喜柳枝头，凡号醉高楼。斯人自有天助，儿女共春秋。
熙百日，酒情柔，味香稠。青春无悔，兰草情长，更待风流。

诉衷情·贺凡号令爱春熙百日咏

李启亮

春熙百日绽眉头，秀气挂双眸。稚容萌发灵动，盈笑自不休。
诗友贺，谊情稠，语啁啾。投身大漠，奋笔春雷，喜度春秋。

诉衷情·贺孟先生小女春熙百日（通韵）

夏云南

清歌大雅奏佳音，百日贺千金。桃红织锦闺秀，惊动众诗人。
眉柳叶，颊凝春，面温馨。薄施朱粉，奇表嘉容，灿烂天真。

诉衷情·为凡号小女春熙百日咏并步凡号韵

聂仲起

名门一脉数千秋，亚圣贯神州。马兰新蕊待放，来日竞风流。
双子女，意天酬，欲何求。千杯不醉，遥祝安康，挥斥方遒。

凡号小女春熙百日咏

张兵

星河仙子下凡来，月桂春熙沐玉台。
传颂百年修父女，奇情号福一鸿才。

春熙健康

郑梅玲

春华映日生，熙运众文融。
健笔抒真意，康宁家国兴。

如梦令·遥祝母亲八十一岁寿诞

二〇一九年六月四日

天宇彩云连片，院内寿星堪赞。试问众亲朋，却道步轻身健。当伴！当伴！难报垛年春暖。

附：

如梦令·贺凡号母亲寿诞

张世武

一

福禄寿康今庆，松鹤蟠桃皆敬。秒秒唤儿亲，岁岁此时聆听。心咏！心咏！难报母恩知命。

二

耄耋之年虽健，百岁之时期盼。千里致萱庭，欲报母恩途远。无怨！无怨！自古孝忠无憾。

卜算子·西域又逢彭继超老师

二〇一九年六月四日

昨夜雨稀疏，今日风吹暑。万里奔波送珍品，久旱如甘露。
古国危须旁，旧友逢如故。一月寻常两度开，最喜彭师处。

十六字令·《蘑菇云下篮球故事》一书捐赠中国军事博物馆贺

二〇一九年六月七日

欢！战友临柴笼火烟。蘑云下，核试自生缘。
欢！杨柳崔嵬照客眠。篮球事，豪气荡云天。
欢！赓续基因感万千。奇书赠，圆梦笑开颜。

诉衷情·祥熙九岁贺

二〇一九年六月九日

坡公养子怕聪明，愚鲁到公卿。祥熙端午辰贺，九岁亦新兵。
忙写作，学三更，睡天明。此生唯愿，身健心宽，快乐终生。

菩萨蛮·庆祝我国第一颗氢弹爆炸成功五十二周年

二〇一九年六月十七日

炎炎夏日当年舞，春雷炸响英雄聚。三百核云烟，火球声震天。
宇寰皆吵闹，举世言氢爆。今日可高歌，华人何岂多。

西江月·夫妻树①

二〇一九年七月二日

为爆春雷离别，谁知戈壁相逢。因何核试独情钟，惊喜潸然泪懂。

才女虽然惊诧，俊男依旧从容。荒滩上将赞歌中，佳话夫妻传颂。

西江月·“重访红山旧址，感悟初心使命”实地见学有感

二〇一九年七月十三日

重访红山旧址，再看试验新区。蛙鸣山下说民居，将校诸人无语。

四五个人踽步，两三棵柳清癯。美人桥畔众唏嘘，草长莺飞尽舞。

① 刊《春雷》2019年第3期（总第53期）。

浪淘沙·“重走大漠功勋路，砥砺奋斗精气神”大气层核试验场旧址实地见学有感

二〇一九年七月二十日

昨日艳阳高，汗水难消。谁知冒雨在今朝。梦里依稀戈壁踽，日上山包。

房倒顶无毫，将校皆焦。荒原旧址尽风号。数次春雷声震耳，岁月昭昭。

南歌子·结婚十一周年之际洛阳城记

二〇一九年八月八日

八载窗前笑，三春月下扶。虽弃旧时肤，气香千万里，永如初。

忆江南·与军交院同学马刚十八年后相逢杭州

二〇一九年八月二十四日

江南忆，最忆是军朋。秋月树旁言往事，西湖楼外醉黄莺。今夜笑盈庭。

忆江南·杭州

二〇一九年八月二十五日于飞机上

江南好，最美是杭州。印月畔边寻美景，苏堤桥下看渔舟。何日可重游？

满江红·悼岳飞[1]

二〇一九年八月二十五日于飞机上

西子湖旁岳王庙，熙来攘往。霄碧下，白云轻掠，彩旗飘荡。句

① 刊《赤峰诗词》2020 年第 3 期（总第 91 期）。

句豪言犹互诉，声声壮语仍同唱。石俑前，烟雾绕坟茔，焉能忘。

忠心尽，山河壮。谋报国，常南望。发牌十二道，速疾南上。做梦黄龙当畅饮，归途白马皆悲丧。莫须名，血染说风波，黎民葬。

调笑令·中秋

二〇一九年九月十三日

明月，明月，夜半乐鸣宫阙。广寒水墨朦胧，百花萎谢叶红。红叶，红叶，魂断边关碧雪。

诉衷情·热烈庆祝中华人民共和国成立七十周年[1]

二〇一九年十月二日

金戈铁马庆佳时，逐梦世人知。长空万里惊叹，华夏竞相思。

旗炫舞，炮先施，笑皆诗。荒原唯愿，虎跃龙腾，盛世秋痴。

采桑子·重阳[2]

二〇一九年十月七日

国庆佳节，适逢重阳。西域戈壁，遥望家乡。父母双亲，九九艳阳。登高望远，泪流两行。

人生易老天难老，岁岁重阳。今又重阳，满眼留痕忆故乡。

谁知西域秋风起，戈壁苍凉。明月寒光，万里遥遥念乳娘。

① 刊《春雷》2019年第4期（总第54期）。

② 刊《诗词月刊》2022年第11期（总第201期）。

忆秦娥·纪念我国第一颗原子弹爆炸成功五十五周年[①]

二〇一九年十月十六日

研核弹，千军万马风沙伴。风沙伴，无私忘我，价值彰显。

埋名隐姓楼兰战，惊天动地冲霄汉。冲霄汉，强军路上，献身无怨。

鹧鸪天·青岛观海[②]

二〇一九年十一月十五日

拍案惊魂霹雳鸣，波涛汹涌奏歌声。水花乱溅随风起，鸥鸟翱翔伴雾生。

人亢奋，手高擎，夕阳落寞醉迷蒙。潮波退去多虾贝，遍地躬身徐步行。

西江月·百年栈桥

二〇一九年十一月十七日

世纪栈桥景点，百年滨海奇观。回澜阁下话深滩，一战名称始现。

数十海鸥叫嚷，万千走客纷言。水雷营处望青湾，最忆透空桥畔。

鹧鸪天·三亚见闻

二〇一九年十二月二十一日于飞机上

傍晚城中笑漫天，烹鱼煮蟹味多鲜。南来北往人嬉笑，一饮何曾万贯钱。

---

① 刊《春雷》2019 年第 4 期（总第 54 期）。

② 刊《诗词月刊》2020 年第 1 期（总第 168 期）。

攀富贵，斗神仙，管弦袅袅响云巅。朱门酒肉今仍臭，夜半回廊倚翠肩。

浪淘沙·光荣入党二十载[①]

二〇二〇年一月二十日

窗外雪纷纷，室内氤氲。朔风频啸夜难文。梦里相思前日事，恰是逢春。

二十载情真，不辍耕耘。党徽相系忘劳勤。不忘初心常砥砺，追梦求新。

生查子·庚子元夕

二〇二〇年二月九日

一

去年元夜时，街市灯如昼。笑语荡荒原，画卷军民绣。

今年元夜时，月与灯依旧。不见往来人，战“疫”全天候。

二

去年元夜时，璀璨灯如昼。天地与人和，长卷心中绣。

今年元夜时，月与灯依旧。寂寞已无声，捷报何时奏？

鹧鸪天·孔雀开屏

二〇二〇年四月二十七日

孔雀开屏戈壁滩，晓春风至似冬寒。黄泥筑室安营寨，苦水蒸藜写巨篇。

村舍冷，客车单，三军将帅素心酸。铁鸢呼啸斜阳舞，白发红妆夜半欢。

---

① 刊《诗词月刊》2020年第5期（总第172期）。

参观爆心依韵张蕴钰《长相思·忆首次核试验当日夜》

二〇二〇年四月三十日

盼炮隆，盼声隆，戈壁风云锁巨龙。千山尽动容。
说成功，论成功，铁塔扬眉华夏功。众英敲鼎钟。

六州歌头·庚子立夏抒怀

二〇二〇年五月一日

中原北望，边塞碧空萦。商都启，敦煌劲；奔大漠，献忠贞。孔雀河边驻，尽篷帐。多风雨，冬酷暑，盛寒惊。战征程。粉壁长河落日，荒原动，沙阔天萌。看人头涌动，将帅不曾惊。干战皆行，亦精英。

寄情家国。军民志，功业创，定终成。官兵怒，工人愤，垂髫动，善耘耕。挑战寻常事，难关过，是雄兵。开拓跳，齐头进，自更生。试问青丝白发，炸雷鸣，可葆旗旌？赞炎黄才智，奏响最强声。赤县殊荣。

长相思·纪念我国第一颗氢弹爆炸成功五十三周年

二〇二〇年六月十七日

天轰鸣，地轰鸣，戈壁蘑云砾石凝。惊呼二日升。
赞精兵，颂精兵，白发青丝清泪盈。赋诗家国情。

附：

长相思·纪念我国第一颗氢弹爆炸五十三周年依凡号韵

李启亮

天隆鸣，地隆鸣，沙海红云两日生。欢呼氢弹升。
唱雄兵，歌雄兵，铁壁军营研剑声。马兰不了情。

卜算子·咏荷[①]

二〇二〇年六月二十四日

起舞小桥边，舒卷芙蓉遇。四面青青尽鸟鸣，红日怜台步。
风戏晚斜阳，妆艳闲云妒。叶底黄禽待月凉，沈梦西园驻。

菩萨蛮·观友发罗布泊胡杨照片[②]

二〇二〇年十月十日

平沙莽莽腾云雾,死亡之海西归路。落木俏寒秋,千年迷九州。
虬枝天地唱，鏖战尘烟荡。回首觅归程，荒滩思俊英。

诉衷情·观央视抗美援朝纪录片《为了和平》

二〇二〇年十月十八日

当年东去赴沙场，卫国保家乡。冰天雪地鏖战，将士气轩昂。
兄弟谊，友情长，泪成行。此生谁料，皓月清江，把酒愁肠。

步韵毛泽东《采桑子·重阳》

二〇二〇年十月二十日

一

寒秋桂叶苍穹舞，今又重阳。今又重阳，戈壁幽兰分外香。
寒秋柳叶苍穹舞，不是观光。不是观光，思念凝成平旦霜。

二

金秋卷叶狂风劲，欢度重阳。欢度重阳，大雁南归野菊香。
金秋舞叶狂风劲，无限风光。无限风光，大漠平明泪伴霜。

---

① 刊于 2020 年 7 月 4 日《战略支援报》。

② 刊《诗词月刊》2021 年第 1 期（总第 179 期）。

诉衷情·庆祝建党百年[①]

二〇二一年六月十九日

当年星火忆嘉兴，雄志又精兵。飞龙四宇鏖战，骤雨急，赴征程。

开盛世，国繁荣，享昌明。小康圆梦，万水千山，颂党恩情。

西江月·观电视连续剧《红旗渠》感赋[②]

二〇二一年十一月四日

夜半人声鼎沸，平明雁阵交欢。青年洞里说辛艰，汗水滋生发辫。

妇幼长歌酷暑，丁男不畏严寒。红旗劲舞石淙边，山下清泉忽见。

渔歌子·乐制泡菜[③]

二〇二一年十一月二十一日

南亩耕耘暑寒中，北舍怡情绿红丰。娇妇喜，醉翁从，方知美味一年功。

诉衷情·读韩文林《岁月留痕》有感

二〇二一年十一月二十二日

当年万里赴荒滩，狷独战楼兰。韶华不负川逝，琐忆旧时欢。

思故地，话孤寒，诉衷言。老翁心少，《岁月留痕》，动地惊天。

---

① 刊《回顾与展望》2021 年第 1 期（总第 134 期）、《诗词月刊》2021 年第 10 期（总第 188 期）。

② 刊《诗词》报 2022 年第 23 期（总第 931 期）。

③ 刊《诗词月刊》2022 年第 2 期（总第 192 期）。

菩萨蛮·蛤蟆山

二〇二一年十一月二十七日

蛤蟆山下人如织，红山坳里欢声溢。岁岁翠阴寒，逐歌荒草间。

黄昏新雪舞，风烈惊寒兔。白发论英雄，登临双泪朦。

卜算子·葫芦烙画《动地惊天》

二〇二一年十二月九日

初绿绽南园，孤寂无人注。累日凄凉透夜忧，避怕风淫怒。

鏖战大荒滩，豪气惊蛇鼠。隐姓埋名铸利剑，动地惊天舞。

点绛唇·观靳忠建摄影《步步向荷》

二〇二一年十二月九日

玉叶纤纤，粉妆片片精灵右。意浓枝瘦，寂寞消清昼。

独舞凭栏，脉脉含情候。风流秀，暗香依旧，却把嫣红逗。

浪淘沙·贺祥熙荣获2021年度聂荣臻奖学金

二〇二一年十二月二十九日

灯下正春寒，夜半难安。平明孺子孑身单。换得年年花怒放，料峭荒滩。

书海独凭栏，皓月羞颜。仲冬帘外望琼山。竹菊梅兰皆不语，一任歌欢。

点绛唇·壬寅正月初九夜观马兰花灯

二〇二二年二月九日

点点星星，年年灯树寒光绰。雪消云薄，万里春风却。

笑语欢歌，翁媪斜阳约。连营烁，倚栏腮托，只忆他乡昨。

附：

点绛唇·依韵凡号马兰广场看灯

韩文建

往事如歌，广场杨絮徐徐落。全连报数，早操跑城郭。
今又高歌，军中观灯烁。人皆乐，情留大漠，相思随风跃。

卜算子·央视壬寅元宵晚会观后①

二〇二二年二月十五日

华夏舞龙狮，咏曲《清平乐》。焰火冲天耀九州，锣鼓喧山岳。
万里绣山河，女足豪情诺。飞舞青春贺八方，雪霁斜阳烁。

诉衷情·将军楼感怀

二〇二二年二月十八日

几番风雨几分寒，料峭问苍天。凯歌奏响何地？戈壁万人欢。
谋大业，战荒原，唱山巅。此生无悔，指点江山，气定神闲。

诉衷情·赞红山官兵

二〇二二年二月十八日

数年风雨驻荒山，将士笑开颜。春雷炸响何处？翘首大荒滩。
朝奋战，夕攻关，夜无眠。此生无怨，隐姓埋名，吟啸河川。

① 刊于 2022 年 2 月 22 日《巴音郭楞日报》。

减字木兰花·罗布泊偶得“你们是科学的千里眼顺风耳”毛主席纪念章感怀

二〇二二年二月二十日

风云数载，通信官兵多炫彩。眼耳明聪，主席题词赞俊雄。

结缘无线，不畏艰辛寒暑伴。有线情深，飞越关河报捷音。

长相思·女儿三周岁感赋[1]

二〇二二年二月二十二日

昼出征，夜出征，初度芳辰远地行。经年热泪盈。

笑嘻声，哭啼声，两语三言都是情。欲眠逾五更。

十六字令·春熙平安

二〇二二年二月二十三日

春，爱女良时贺诞辰。开怀笑，惊羡众高邻。

熙，燕语莺啼伴美姿。斜阳坠，何处不相思。

平，奉命东征皓月明。凭栏望，独坐过三更。

安，挂肚牵肠泪水潸。他乡语，拂晓独无眠。

点评（夏云南）：

爱女刚满三岁，诗人即将出差，萦情之际写下《春熙平安》藏头字十六字令四阕以祝福，读后令人回味。

其一，点明心爱的小棉袄生日，惊羡亲邻，意味着邻里和睦温馨。开心笑，其乐融融。

其二，春日，此时谁不痴恋春天的美好？情到，何处不相思？即使远走，思念亦无穷。

其三，军人以服从命令为天职，依依惜别之时，独坐过三更，加深了对家的爱意。凭栏望，又有一种无奈。

① 刊《诗词》报2022年第23期（总第931期）。

其四，东征他乡，其室其家牵肠挂肚，演绎爱的真情，以至拂晓无眠，可见儿女情长。

此组小令自始至终贯穿一条爱的红线，以祝福阕阕相连，以情感句句紧扣，可圈可点。

西江月·游大唐芙蓉园

二〇二二年三月二日

脚下春风万缕，眼前细语千言。紫云楼上眺香园，共赏黄鹂飞远。

羌笛鼓筝齐奏，笙箫琴阮同喧。花红柳绿醉凭栏，仙境流连忘返。

朝中措·致敬全军挂像英模林俊德

二〇二二年三月三日

早八点四十分，按约定时间准时赶到家中取院士遗物。紧张忙碌近三个小时后，临别之际，我提出给院士遗像鞠个躬。黄建琴阿姨含泪应允。三鞠躬后，与黄阿姨相看泪眼，我竟几度凝噎。归来，心绪久久难以平静，填词以记之。

荒原埋首劲躬耕。苦乐斗终生。八日唐都鏖突，垂危分秒还争。

献身家国，几多折桂，铸盾精英。慨喟满门忠孝，泪言一世真情。

乌夜啼·游华清宫

二〇二二年三月四日

华清宫里无忧，不知羞。冷日犹痴汤暖叹清秋。

长生殿，七夕愿，思悠悠。孰料霓裳新曲葬荒丘。

卜算子·梨花[1]

二〇二二年三月九日

一别远多（剩轻）愁，风雨层楼处。落尽绯红鸟栖（回）枝，怒（绽）放孤（都）无语？

无意艳仲阳（何意争艳阳），继日（却被）红棠妒。雪白香浓（梨雪浓香）夜卧迟，梦断霓裳舞。

卜算子·咏木棉花

二〇二二年三月十六日

万朵木棉花，疑是霜林染。烂漫霄天相映红，敢笑云霞黯。

无意俏山河，三月楼台澹。风舞羊城火树媚，血染英雄胆。

点绛唇·杏花

二〇二二年三月二十四日

一夜东风，杏花弄雪菲菲雨。梦幽晨舞，香雾笼寰宇。

燕子凄凄，芳草含悲与。惆怅聚，日昏云去，却把春愁予。

附：

次韵凡号《点绛唇·杏花》

李启亮

节至清明，马兰杏绽姗姗雨。蝶飞蜂舞，香袅边疆宇。

微信传音，折柳相思与。盼相聚，日烟迷离，我寄春情予。

和凡号兄《点绛唇·杏花》

张青林

一抹芬芳，马兰戈壁迎风腆。和诗为伴，翘首东君盼。

---

① 原稿刊于2022年3月30日《绿原报》，修改稿刊于2022年4月1日《兵团日报》。

大地春回，万物生机见。霾渐散，凭栏唱晚，吹向天边赧。

江城子·壬寅清明[1]

二〇二二年四月四日

浅阴翠柳可徐行？草青青，水盈盈。燕子重来，桃杏落红英。满目游丝还弱絮，莺共舞，蝶同影。

无烟无酒正清明。冢生青，墓无灯。遥望陵园，泪眼双腮凝。岁月无情多血染，思往事，忆精兵。

忆秦娥·为马兰烈士陵园祭奠英烈照片老兵感言赋诗

二〇二二年四月五日

呜声忽，常思夜半楼兰月。楼兰月，年年追忆，马兰伤别。

荒滩半世清秋节，陵园数语音难绝。音难绝，风迷泪眼，断肠无咽。

渔家傲·读王树增《朝鲜战争》一双棉鞋故事有感

二〇二二年四月八日

零下气温三十有，寒冬腊月风嘶吼。枯草眠山刚数九。饥饿斗，无人区里穿梭走。

卫国保家帮挚友，无衣无食常冻手。最盼执勤能享受。棉鞋厚，丝丝温暖如醇酒。

阮郎归·季春

二〇二二年四月十三日

南园春暖踏青忙，风吹野草香。疾穿绿水跃池塘，鹊惊百

① 刊于 2022 年 4 月 6 日《巴音郭楞日报》。

鸟藏。

梨似雪，杏如霜，桃红零落狂。斜阳问晚望东乡，柳营热泪长。

江城子·咏温公峤[1]

二〇二二年四月十四日

太真博学善清谈。美聪男，孝清廉。名噪并州，祁县俊贤添。为报先皇勤辅政，忠武谥，太牢兼。

秀才举仕洞监严。建康钳，用谋勘。仗剑飞书，平乱斩罗阎。玉镜台文天下晓，公却扇，世人谙。

破阵子·贺神舟十三号航天员翟志刚、王亚平、叶光富凯旋

二〇二二年四月十七日

昨日升空寰宇，今朝载誉神州。揽月摘星银汉渡，笑语欢歌重器留。英雄常缅秋。

三杰出舱漫步，九天授课风流。挽手半年同竞技，圆梦苍穹共献猷。季春宏业谋。

鹧鸪天·罗布泊雅丹地貌

二〇二二年四月二十一日

凹地方圆各不同，土墩陡峭乱西东。千年沉寂楼兰地，流水飙风不朽功。

狮豹猛，虎狼弓，老鹰展翅斗苍穹。形神各异风沙漫，万别千差“死海”中。

---

① 收录于《血与火时代的祁县名士——历代咏温峤诗词选》。

忆少年·暮春寻芳

二〇二二年四月二十七日

百花纵放，嫣红丹紫，暗香满苑。东风拂西舍，赞斜阳朋伴。

燕语莺歌人忘返。循鸟鸣，径深声远。小楼月光隐，叹花飞春晚。

诉衷情·赞李林

二〇二二年五月二日

归侨抗日女英雄，忠勇建奇功。桑乾碧血皆染，浩气贯长虹。

驱敌寇，杀狼熊，逝从容。寄情平鲁，烈士忠贞，永活心中。

诉衷情·赞陶渊明

二〇二二年五月四日

桃花源里隐耕忙，采菊亦寻常。南山少履无酒，迎客抚琴佯。

诗曲赋，不淫伤，味深长。和平温厚，闲静悠然，万古浔阳。

十六字令·雨[①]

二〇二二年五月八日

前，翘首苍穹雨伯怜。山川盼，小草夜无眠。

蒙，路上行人无影踪。南窗望，芍药笑长空。

晴，妩媚娇妖秀色盈。红花落，杨柳叶青青。

西江月·闲章

二〇二二年五月二十六日

文友用情不少，闲章赋韵何多。中山小榄镇张哥，细琢历经坎坷。

① 刊于2022年6月29日《绿原报》。

孔雀河边劲舞，伟人山下高歌。荒原旧日战妖魔，难享寻常烟火。

鹧鸪天·赞红十军女战士陈银花

二〇二二年六月二十九日

志敏同乡长弋阳，银花童养盼军郎。相思彻夜多无语，千里寻夫别故乡。

闻噩耗，痛肝肠，战场继志历风霜。埋名界首英雄逝，高洁丰功五岳扬。

点绛唇·咏荷①

二〇二二年七月十日

碧水清塘，蛙鸣鸭逐千花舞。日斜风巨（语），万叶时时抚。

见有人来，蝴蝶双双旅。芬芳予，绿浓红楚，墨客吟娇妩。

浪淘沙·祥熙参加马兰小学帅香草社团夏令营活动有感

二〇二二年八月三日

笑语荡山巅，信步江边。雏鹰壮志满云天。鸟语花香随月舞，公子翩翩。

窗外雨潺潺，珠泪涟涟。长思不耐五更天。梦里依稀秋忽至，一夜无眠。

附：

浪淘沙·和凡号《祥熙参加马兰小学帅香草社团夏令营活动有感》

贾全功

赞学校星繁，英俊翩翩。莘莘学子出红山。不到长城非好汉，

① 刊于2022年7月16日《战略支援报》、2022年8月8日《绿原报》。

志满云天。

览一海狂澜，五陵风烟。忽而三峡坐舟船。一夜渔歌飞两岸，处处欢颜。

西江月·写在日本无条件投降七十七周年

二〇二二年八月十五日

雨有密疏和骤，风多冷热徐狂。山河破碎国危亡，万里祥云染恙。

妇幼舍生无畏，军民忘死寻常。一腔热血洒疆场，浩气千秋激荡。

清平乐·读付兄《别马兰》有感并依其韵

二〇二二年九月三日

执笔独舞，彻夜无眠度。孤影瘦身明月驻，不忘初心来路。

寄意核试园区，用情林馆宏图。颂唱马兰数载，无私无畏无敷。

附：

清平乐·别马兰

付安镇

月光似炬，望断通京路。孤影随行常四顾，难忘他年旧处。

老友擘画蓝图，新秀矢志当初。伟业传承赓续，戈壁浩气长濡。

南乡子·中秋

二〇二二年九月十二日

傲菊又飘香。丝雨蒙蒙雁阵长。棉白豆黄金叶舞，微凉。圆缺阴晴月遽忙。

常醉亦寻常。独酌花间望故乡。漏断更残盈月碎，如霜。满地相思泪两行。

鹧鸪天·重九

二〇二二年十月四日

九月神州傲菊黄，游人如织赏芬芳。皆言抗疫时经久，吾信封城日不长。

风习习，露凉凉，窗前把酒痛肝肠。登高满目诗和画，望远遥思爹与娘。

附：

鹧鸪天·重九

张青林

乐享天伦岁月安，妻萦子绕伴亲欢。别离自古寻常事，重九团圆亦是难。

别父母，似前天，还乡从此几重山。今宵酒醉斜阳晚，泪眼婆娑华发残。

十六字令·秋

二〇二二年十月二十三日

秋，杨柳轻摇落叶羞。余霞晚，金色染神州。

秋，瓜果飘香遍沃畴。黄禾笑，田野寂无啾。

秋，菊桂迎霜白了头。芦花舞，逐浪竞风流。

附：

十六字令·秋

韩文建

秋，怡笑心扉日月幽。吟诗醉，对酒放歌喉。

秋，岭上红枫艳若绸。南飞雁，自在碧空游。

秋，黄叶蹁跹逐水流。凝眸处，落寞上心头。

鹧鸪天·别秋[①]

二〇二二年十一月十二日

叶落花凋天已寒，西风漾漾布衣单。南飞北雁声声戚，东袅西阳日日残。

听冷雨，倚栏杆，相思几许寄乡关。寻常醉赏黄金菊，梦里方知盼月圆。

鹧鸪天·竹[②]

二〇二二年十一月十六日

四季葱茏竞美颜，虚怀若谷绽河山。两株青翠窗前拂，一地清幽月下斑。

知雨骤，晓风寒，三冬婀娜舞蹁跹。亭亭玉立凡尘秀，傲雪凌霜君子怜。

忆江南·忆

二〇二二年十一月十七日

情几许，常忆梦华中。昨日窗前同诵读，今朝群内喜相逢。征酒盼春风。

---

① 刊于 2022 年 11 月 23 日《绿原报》。

② 刊于 2023 年 2 月 20 日《绿原报》。

鹧鸪天·贺神舟十五号载人飞船发射成功

二〇二二年十一月二十九日

又见神舟飞九天，俊龙老将勇争先。清明不忘初心志，张陆镌铭使命缘。

巡日月，吻云烟，追光星海耀河山。三英寰宇同舱舞，六杰遥穹共梦圆。

卜算子·溜冰[1]

二〇二二年十二月十一日

昨夜送秋归，今日迎冬至。又见严寒数寸冰，嬉笑欢歌异。

水是旧时微，树亦新春翠。谁晓池塘宿鸟无，最爱亭边戏。

渔家傲·悼阎红彦将军

二〇二二年十二月二十日

生计艰辛曾辍学，为求温饱军营擢，转战东西谋帷幄。黎民榷，神军美誉雄山岳。

屡立战功金贵[2]捉，枪林弹雨功勋卓，磊落一生刚正数。遭雷雹[3]，昆明饮恨无人觉。

鹧鸪天·梅雪情[4]

二〇二三年一月十四日

夜半犹听叶戏风，平明难绘素笺空。窗前雪舞千枝白，帘外梅开百树红。

---

① 刊于 2022 年 12 月 19 日《绿原报》。

② 金贵，即孙殿英。

③ 遭雷雹，指遭到“四人帮”迫害。

④ 刊于 2023 年 1 月 30 日《绿原报》。

花烂漫，俏无穷，谁知疏影最香浓。偷闲醉意诗词赋，不尽相思浊泪蒙。

探春令·贺新年

二〇二三年一月二十三日

声声爆竹廊前肆，贺新年新季。久痴喧语，樽前多醉。诗赋和、春风里。

童翁妇孺都欢喜，打扮更喜气。盼春晖早到，大吉大利。事事皆如意。

青玉案·元夕[①]

二〇二三年二月三日

繁星夜绽花千树。笑语里，佳人舞。花样年华谁楚楚？月明灯绮，袖长裙抚。一夜欢歌聚。

蜡梅含笑清香吐，寒柳飞歌暗云暮。次第春风知几许？烟浓城寂，晖清人巨。唯盼冬匆去。

卜算子·收到中国作协会员证

二〇二三年二月十一日

深夜映烛光，拂晓听烟雨。字里梅香月似钩，燕子翩翩舞。

昨日万言凝，数载辛酸树。证小情深泪眼潸，塞上春阳煦。

附：

卜算子·贺凡号为中国作协会员

付安镇

河洛育慧心，军旅铭初志。大漠风流竞高歌，笔下情怀炽。

① 刊于2023年2月7日《巴音郭楞日报》。

欣喜有功成，谁晓经年砥。铁马金戈披锦绣，万里征程始。

贺凡号加入中国作协

贾全功

不倦书山凌峭壁，文华殿宇步先登。

书香杰俊冲牛斗，万马军中敢远征。

贺凡号战友加入中国作协

黄文华

文山诗海苦无边，夜伴青灯志向坚。

下笔犹如神鬼泣，丹心一片谱新篇。

贺凡号加入中国作协

秦鹏

能文能武神采溢，墨香四海柳营飘。

洋洋洒洒多佳作，倜傥风流慰寂寥。

阮郎归·春景[1]

二〇二三年三月十一日

春风微漾小楼西，水清波皱低。离离芳草雁莺啼，堂前夕影迷。

杨楚楚，柳依依，桃红梨白萋。呢喃燕子舞河堤，东园老少稽。

画堂春·观电视剧《海棠依旧》有感

二〇二三年四月九日

中南海内日渐长，平明依旧灯光。白皮松下毕生忙，酷暑

① 刊于2023年3月29日《绿原报》。

寒霜。

矢志不渝家国，鞠躬尽瘁城乡。中华崛起九州昌，无限思量。

相见欢·江西湖口

二〇二三年四月十日

湖口八景

渊明故址吟诗，月轻移。大岭云亭渔唱晚阳期。

双钟色，花尖色，碧涛痴。苏渡舟横仙迹梦中随。

石钟山

两山高耸奇音，水多侵。鼓浪声如钟磬响犹琴。

鄱湖舞，长江聚，数登临。亭阁楼台林石“闹”人心。

鞋山

孤峰峻峭神奇，景姝丽。天下无双仙岛荡涟漪。

劲松伟，梵声蜚，最心仪。烟霭天花宫殿媪翁熙。

鹧鸪天·贺巴州诗词协会成立

二〇二三年四月三十日

齐聚梨城四月天，欢声笑语荡山巅。文人骚客情深厚，才子佳人礼俊贤。

山水诵，宋唐传，巴州大地谱新篇。平平仄仄诗词盛，万紫千红绽陌阡。

诉衷情·天塞酒庄

二〇二三年五月三日

天山南麓酒庄奇，关外绿洲居。春深霍拉村美，古道育芳菲。

西拉赞，品丽思，赤霞仪。几多金奖，九宇名扬，最是贪痴。

鹧鸪天·贺神舟十六号飞船发射成功

二〇二三年五月三十一日

浩瀚星空喜讯传，神舟又访紫宸前。巡河夜半姮娥舞，圆梦隅中玉帝筵。

新秀智，老兵轩，攻坚克难勇当先。问天巡月寻常事，霄汉遨游岂上仙。

鹧鸪天·咏郭永怀

二〇二三年六月二十五日

报国精忠海外归，丹心一片宇寰稀。荒原冬夏呕心血，戈壁春秋伴雪辉。

功赫赫，德巍巍，一星两弹亦无违。长空万里忠魂舞，举世同悲烈士依。

减字木兰花·《朝鲜停战协议》签订七十周年记

二〇二三年七月二十七日

保家卫国，抗美援朝常缅忆。鸭绿江边，酹酹波涛敢啸天。

山河壮美，绝地高歌无所视。鏖战沙场，阻击重围歼虎狼。

鹧鸪天·狗尾巴草

二〇二三年九月二十六日

叶片轻平枝鞘慵，须根小穗短毛茸。地头僻野痴三夏，沟畔荒山傲九冬。

经骤雨，历寒风，陌阡轻舞尾蓬松。小楼昨夜西风劲，貂续来年依旧逢。

浣溪沙·登览龙门石窟

二〇二三年十月十六日

万首诗词唱马兰，廿三诗友聚龙山。同游洞窟笑中原。

一佛独尊看碧宇，两峰相峙话烽烟。歌声飞荡洛河边。

贺《马兰花开》发布暨战友相聚洛阳

二〇二三年十月十六日

鹧鸪天

万语千言唱马兰，豪情万丈大荒滩。春雷阵阵惊天地，汽笛声声啸暑寒。

顽石吼，烈风欢，花开戈壁舞山峦。挥毫泼墨河川秀，一片丹心映碧天。

忆江南

斜阳晚，久旅为何谁？车疾风寒灯下醉，月明星暗醢前痴。魂魄早家回。

长相思

眠三更，起五更，思见神都众弟兄。中华半纵横。

雨多程，风多程，战友相逢归梦成。手牵清泪盈。

相见欢

千杯万盏情浓，意重重。万里他乡兄弟又相逢。

有名胄，有新秀，有工农。别是一番情感荡心胸。

遐方怨

星默语，月无言。晤聚东都，夜深人静犹有喧。曲悠歌悦友狂欢。酒香人不醉，笑潺潺。

浪淘沙·瞻仰杨家将群塑[①]

二〇二三年十月二十一日

幽战盼无声，亦愿无名。无缘良马走东京。端的帝王心病也，死煞豪英。

上令又西征，夜漏无鸣。殿前选将女花容。寡妇丫鬟皆上阵，世代忠贞。

清平乐·开封大相国寺游览记

二〇二三年十月二十一日

云游叩访，古刹千人往。佛殿楼台分布广，香火弥罗神像。

元夕灯火通明，霜钟响彻全城。常语智深轶事，谁知菩萨心声。

清明上河园游记

二〇二三年十月二十二日

浪淘沙

万菊傲金秋，笑溢眉头。人生百态尽风流。嬉闹声声传碧宇，画舫红楼。

熙攘未曾休，吆喝悠悠。人声鼎沸更无收。最是斜阳归晚醉，梦里常游。

菩萨蛮

如潮人海繁华地，欢歌笑语何时止。锣鼓响三通，瑟琴荡九重。

球飞楼下舞，狮跃桩前楚。好汉劫囚场，夺魁贵胄亡。

① 刊于 2023 年 11 月 22 日《开封日报》。

蝶恋花·追思焦裕禄[①]

二〇二三年十月二十三日

岁岁望穿兰考水。最爱泡桐，踏遍黄河尾。内涝寻常多破毁，风沙有秩无悛悔。

岂奈病魔空落泪。唯愿碱消，育草成林美。试问冬苗秦寨儿，只求夏树韩陵翠。

水调歌头·豫剧皇后常香玉

二〇二三年十一月三日

八岁拜师学，主演尚年轻。编排新剧，抗日香玉有微名。剧社巡回全国，捐献飞鹰抗贼，慰问到军营。人若桃花面，顾盼可生风。

《打土地》，《贩马记》，《拷红》惊。《人欢马叫》，格调新颖万民争。《花木兰》翁媪喜，《大祭桩》童孺俟，好剧有佳评。言戏比天大，颂赤县精英。

鹧鸪天·赞基地首批女兵张明玉

二〇二三年十一月四日

豆蔻年华出玉关，风餐露宿柳营安。朝朝高唱军营曲，岁岁躬耕戈壁滩。

经酷暑，历严寒，有谁知我内心欢。青丝白发埋名姓，我是军中花木兰。

忆王孙·向61年老兵陈西林张明玉伉俪致敬

二〇二三年十一月五日

金秋十月喜相逢，好友亲朋赞俊雄。火热青春戈壁冲。跑西

① 刊于2023年11月22日《开封日报》。

东，阵阵春雷怜媪翁。

醉太平·秋菊

二〇二三年十一月六日

风中最娆，楼前撒娇。群芳不屑零凋，仰蓝天九霄。
花开寂寥，香飘野郊。梦乡星灿云迢，奈何归路遥。

丑奴儿·斜阳[1]

二〇二三年十一月七日

斜阳一缕归家晚，小草萋萋。老树稽稽，黄叶飘零村北溪。
小桥流水声声慢，鸟叫蛩低。抱女偕妻，忘返流连小院迷。

捣练子·立冬

二〇二三年十一月八日

小院寂，暗蛩鸣，阵阵西风夜半惊。谁晓醒来无睡意，赋诗三首到天明。

昭君怨·初冬[2]

二〇二三年十一月十一日

谁晓气温骤降，黄叶翩翩歌唱。风啸舞山峦，夜难安。
莫把栏杆频倚，多盼初冬有喜。飞雪待何时，可相思。

① 刊于 2023 年 12 月 4 日《巴音郭楞日报》。

② 刊于 2023 年 12 月 4 日《巴音郭楞日报》。

谒金门·癸卯立冬第四天

二〇二三年十一月十一日

寒骤至，黄叶枯枝堆积。男女匆匆无昵戏，妇孺言语异。

草舞楼东有比，树摆路西无类。尘土小城多肆意，雪飞何日恣。

忆江南·闻红山飞雪兼和贾全功战友

二〇二三年十一月十四日

一

红山好，雪舞石峦间。服务社前言往事，将军楼里忆辛酸。双眼泪涟涟。

二

红山好，笑语荡泉边。俱乐部前歌悦耳，美人桥下水舒颜。能不忆红山？

附：

忆江南·红山

贾全功

红山好，草木绿田园。八一桥边寻美景，三千峰下落飞泉。军帐乱云间。

长相思·一题《马兰花开》洛阳行合影照

二〇二三年十一月十七日

黄羊沟，孔雀沟，鏖战荒原几十秋。军营舞火球。

洛河流，伊河流，最美兰花开九州。洛阳同唠喉。

天仙子·远行

二〇二三年十一月二十一日

一

昨日归来今又远，梦寂衾冷无心暖。寒风瑟瑟夜难眠。灯下绻，镜前懒，最怕红山周末见。

二

好在女儿长久伴，夜深人静情有缓。红妆经久画眉残。夜无盥，人空转，犹羡鸳鸯枝上赧。

三

风舞叶凌人假寐，夜阑灯昏朦胧恣。牙牙学语闹平明。心早碎，人无睡，倏忽城乌军号起。

点评（夏云南）：

古诗词中写远去兮、归来兮，离别情绪的作品数不胜数，但现代人像凡号这样运用诗词特点，将远行、离别写得如此缠绵、情真意切的并不多见。《天仙子·远行》就是诗人设想妻子含嗔带怒，埋怨他经久在外的天涯游子的真情实景。

首句“昨日归来今又远”，道出了诗人不辞劳苦、马不停蹄的“奔跑”态度和疯狂工作的精神状态。“寒风瑟瑟夜难眠”，可见诗人对事业的执着追求和敬业精神，可谓是“家虽归，却难安”。“最怕红山周末见”，不但道出了诗人作为马兰精神义务讲解员的繁忙与劳累，就连周末、假日也难得和家人团聚。对诗人的这点担当，我在离开部队多年后回红山时深有体会。

儿女情长，家国情怀。自古情理之中，但诗人远行却不能回到温暖的港湾。牵挂他的妻子红妆久、画眉残，无心盥洗、夜不能寐，好在有年幼的女儿相伴，才安慰了她寂寥的心。“人空转”，短短三字，就是行动的真实写照。一个“赧”字，不仅饱含了诗人伉俪的无限情深，也彰显了彼此的生活情趣。言有尽而意无穷。

一个“假”字，更是写出了妻子的心思重重。是什么打碎她的睡意？“牙牙学语”作了最好的诠释，也让人引起无尽的遐思。夜静了，心碎了，军号响了，小城的乌鸦开始觅食了。一动一静的描写，更加微妙地展现出妻子的内心变化。细读慢品，情柔似水，情深无限，一切尽在不言中。

总之，三首小令以闺人口吻描述了离别之苦，相思之深，自然恬淡，意蕴隽永。

采桑子·回念《马兰花开》洛阳聚会寄马兰诗友兼和楼兰剑客

二〇二三年十一月二十二日

一

金秋十月逢伊水，战友情深。诗友情深，共诉荒原壮志心。
高歌曲曲情难尽，夜半低吟。拂晓低吟，期盼重逢早降临。

二

问君何事中原聚，戈壁花开。洛水花开，一曲高歌醉舞台。
桃源把酒诗词唱，翁乐开怀。媪乐开怀，夜半犹闻说笑来。

三

俊才相聚龙门地，笑语多多。欢乐多多，一路悠悠慷慨歌。
相思往事成追忆，岁月蹉跎。美景蹉跎，热泪千行汇入河。

附：

采桑子·回念《马兰花开》洛阳聚会寄马兰诗友（新韵）

楼兰剑客

喜逢十月成功日，马兰花开。友谊花开，兵韵书香诉壮怀。
千言万语情难尽，何日还来。热望还来，莫待风烛发更白。

浣溪沙·远赴北京参加第二批数字史馆评审

二〇二三年十一月二十六日

谁晓北风恣意狂，凌空黄叶舞寒窗。凭栏忆旧盼冬阳。

号响莫惊常睡晚，夜深不怕有风凉。青年俏语最平常。

诉衷情·闻美国前国务卿基辛格去世

二〇二三年十二月二日

小球推动大球飞，寰宇响惊雷。东西牵手冰破，谋略数高魁。

多建树，外交奇，百年稀。纵横四海，捭阖中美，青史留辉。

鹧鸪天·读蜀银《傅介子传奇》有感

二〇二三年十二月六日

庶子祥云如虎生，鲲鹏宫里拜师荣。学文弄武平生愿，报国从军一世情。

良马得，马经精，中郎西域露峥嵘。楼兰智取安归死，侯爵官身汉帝封。

鹧鸪天·看《马兰花开》洛阳行影像有感兼和修江战友

二〇二三年十二月七日

鏖战荒原数十年，豪情万丈伟人山。寒风携手同欢笑，骤雨连肩共野餐。

伊水聚，马兰还，声声泪雨荡云天。古都齐唱军营曲，奋楫前行谱美篇。

附：

鹧鸪天·看《马兰花开》洛阳行影像有感

陈修江

“两弹”云消数十年，豪情依旧满天山。峥嵘岁月青春铸，浪漫时光血泪涟。

戈壁志，马兰缘，情深一片绕心田。古都追忆前朝事，画笔如椽写续篇。

浣溪沙·柳营情

二〇二三年十二月十日

岁月悠悠一瞬间，埋名隐姓大荒滩。谁知戈壁寸心丹。

漫漫黄沙遮望眼，纷纷白雪浸连肩。蘑云朵朵舞蹁跹。

鹧鸪天·看《三个西瓜》故事感喟战友情深

二〇二三年十二月十日

甲子时光转眼间，情深意厚雀河边。你谦我让身虽累，天热瓜凉心却欢。

天地动，泪珠潸，援朝抗美事连延。军民大漠同甘苦，首爆成功在眼前。

苏幕遮·咏李义山

二〇二三年十二月二十四日

少家贫，童失怙。亲友匡襄，春贩佣书补。科举多年常痛楚。牛李之争，半世功名苦。

意深沉，多典故。风格秾纤，悱恻缠绵语。咏史无题骈体巨。三百唐诗，商隐声名数。

后记

回首走过的路，时光荏苒，行色匆匆，一晃入伍近三十个春秋。自从2005年3月10日在《中国军工报》上刊发第一篇短文起，二十年间竟也陆陆续续撰写了五十余万字的作品。许是因为多年从事文化、宣传工作，尤其是在基地《春雷》编辑部工作，所以，在近十年里，我听到别人对我最多的称呼是作家、诗人。称呼作家，我倒还勉强可以答应，毕竟那时已出版个人散文集《为心筑巢》《印痕》，加入新疆作家协会，且后来又加入中国作家协会；但称呼诗人，我还真的不敢应声，因为无论是对旧体诗还是新诗，那时的我都是七窍通了六窍——一窍不通。

《春雷闲记》词赋篇的第一首是《满江红·马兰抒怀》，为2005年所填。虽然当年也曾刊发在基地文学刊物《春雷》上，但那时我尚不知平仄韵律为何物，只是按词牌把字数凑够而已。现在读来，虽不乏豪言壮语，但毕竟缺少抑扬顿挫之感，让诗词之美黯然失色许多。

真正了解旧体诗并进行创作，不过是近五年的事。当时，有幸进到基地退伍老领导、老同志组成的诗友群里，开启了跟随诗友学写诗的漫漫长路。我自知才疏学浅，只能依葫芦画瓢。每次写好后都先请老战友审读、修改，如此三番五次才敢把“作品”发到群里。许是秉性使然，几年下来，竟也写下六百首之多。闲暇之时，细细品读，发现其中不乏乏味之作，且有无病呻吟之感。虽然如此，但我却在工作之余享受着诗词的魅力和韵味带给我的快乐。

同好诗者分享之余，我也在想，只要不忘初心、发乎真情，深入学习、精心推敲，始终坚守歌颂光明、弘扬正气、传播正能量，就能陶冶情操，就会对社会有益。情操在，作品也就不会污染好诗者的耳目。于是，在好友的劝说下，我将近年来的拙作集成册子，以飨读者，以飨好诗者，以求正于方家。

感谢给予我鼓励、支持和帮助的领导、战友和朋友们！感谢中华诗词学会会员、河南省作家协会会员、马兰老战友韩文建为拙著作序，感谢诸多诗友们的唱和，更感谢凌翔老师为诗词集出版所付出的艰辛与努力。

尽管近年来写了不少作品，但我深知自己对于旧体诗仍知之甚少，错漏一定在所难免，所以恳请读者批评指正。

最后，我用自己的一首《夜读〈诗词格律全集〉》为后记作结：

早岁不闻平仄韵，今朝苦学始知难。

窗前夜半声犹在，灯下平明尚抚栏。

路漫漫其修远兮，吾将上下而求索。祝愿自己在诗词创作中奋楫前行，敦愿无缘者爱之，至愿好诗者共勉！

孟凡号

二〇二四年三月三日

于新疆马兰